La Novia de Negro

El melodrama de Gerson y Maklin

William Antonio Arias

SHARED PEN Edition

www.SharedPen.com

Fotos por: Pablo Montenegro.

Diseño gráfico por: Erick Rodríguez –"Stree Graphic"
Ilustración de La Novia de Negro por; Francisco Eliseo Velásquez.

Modelo: Edna del Roció Mancera.

Prólogo: Ángel Morales.
Critica del editor: Erick Salvador Flores

Correcciones y ediciones: Luis Méndez Romero & Melissa Méndez Romero & Erick Salvador Flores.

Dedicada a:

Carmen Dolores Arias, viuda de Reyes.

Dedicada en especial al ser que me dio la vida, quien siempre ha estado conmigo en todo momento y, lo da todo por mí: *Mi madre*.

Obra también dedicada a mis queridos amigos *Gerson Leonel García, Maklin Lisbeth Fuentes y a la profesora Martha Yacelín Villatoro Zelaya*.

Wilian Antonio Arias nació en el municipio de El Sauce, departamento de La Unión; El Salvador. En 1987. Aunque en un principio se estableció en Washington, D.C., desde hace seis años radica en el Estado de Virginia. No hay duda que Arias añora el lugar donde tiene sus raíces: San Juan Galárea; ya que  todas sus novelas y cuentos giran alrededor de hechos —algunos reales y otros producto de la imaginación— que suceden en los sitios que fueron parte de su vida: ríos, haciendas, caballos, vacas y todo tipo de animales domésticos que son parte del quehacer diario en los hogares campesinos de los países latinoamericanos, en especial en el oriente de su país. Arias sólo logró finalizar sus estudios de secundaria (bachillerato), para emprender junto a su madre el viaje con rumbo al 'Norte'. Su travesía por Guatemala y México hasta llegar a Estados Unidos, estuvo llena de todo tipo de obstáculos, como sucede con la mayoría de inmigrantes.Pero también ha sido un obstáculo su adaptación a una cultura diferente. Sin embargo, a pesar de la dureza de los cambios, Arias encontró el ambiente perfecto para desarrollar sus dotes de escritor autodidacta, que lo práctica desde que era un niño. Hasta la fecha el joven autor ha escrito seis libros que han sido publicados por la editorial 'Palibrio'. Uno de ellos presentado al público, en la sede del Consulado General salvadoreño en esta capital.

Sobre la historia:

Narra de una realidad conocida, colmada de pobreza y maldad, en donde suele verse los rostros de miles de niños(as) queriendo escapar de una tristeza que carcome. La falta de un hogar y pasar una vida de hambres y maltratos, los lleva a convertirse en delincuentes juveniles.

Dos historias y un mismo fin: El engaño. Angélica: una adolescente que por ingenua y tras el descuido de sus padres queda embarazada de un hombre, que solo la usa como juguete de su diversión. El mismo que le promete darle un hogar y al enterarse de su embarazo la abandona a su suerte. Esmeralda: una mujer a quien su padre —para saldar deudas de juego— la obliga a casarse con un vil hombre y la separa de su verdadero amor. Antes de su arreglado matrimonio, ella se entrega al amor. Producto de ello resulta embarazada. Cuando su esposo se entera, acaba con la vida de ese hombre y la separa de sus hijas.

Prólogo

He aquí otra novela de Willian Arias, que llenará los ojos del lector. He aquí una reflexión sobre el amor, la venganza y la muerte. El libro que el lector tiene en sus manos no es una historia, sino varias que lo llevarán hacia direcciones que no se espera.

Todo comienza con la pelea eterna de las clases sociales, los de arriba denigrando a los de abajo; los de abajo actuando en busca de lo que creen conveniente. Y en esta sociedad caracterizada por la ambición hacia el dinero, se desenvuelven personajes condenados a cumplir un destino.

Son dos generaciones marcadas por la decadencia. Familias que sufren un largo combate contra las circunstancias de la vida. Situaciones como la envidia y el rencor disfrazadas de amistad, padres que intentan decidir la vida de sus hijos, sin impórtales que ésto los arrastre al camino de la infelicidad, personas que anteponen el dinero antes que los lazos familiares, infidelidades que desencadenan llanto, soledad y rencor: nada ajeno a lo que se vive en la actualidad.

Tal vez lo que más llame la atención es la forma en cómo la familia no sólo hereda dinero, sino también odio y rencor, en cómo se puede implantar una semilla de maldad en un niño y ver cómo crece enredándolo, haciéndolo creer que lo correcto es la venganza y no la justicia. O cómo los malos padres que hacen caso a los heraldos de la vida, conocen el arrepentimiento, aunque a veces sea demasiado tarde.

Entre estas historias hilvanadas por la sangre, se nos presentará al héroe y al antihéroe: Mártir y Gerson. Ninguno de los dos hará a un lado sus ideales; uno va por la venganza, el otro por la felicidad; uno es el odio, el otro es amor; Mártir busca huellas que le ayuden a realizar su plan, Gerson no se doblega ante las circunstancias; lo que es claro es que ambos no tienen dónde apoyarse, más que en sí mismos y, de alguna manera, la existencia de uno complementa la existencia del otro.

Pero la historia más importante y la cual da título al libro, es la relación entre Maklin y Gerson, dos jóvenes que tienen el impulso moral de hacer las cosas correctas; por lo mismo, el romance es bien visto por todos los familiares, y aunque la desgracia los persigue, es su amor el que los impulsa a seguir adelante.

El final inesperado demuestra que nada es más triste que anhelar la visita de los muertos, la lucha contra el olvido, la historia nos enseña que el amor garantiza la permanencia del recuerdo y que incluso este sentimiento tan grande no está lejos de la locura, que el tiempo a veces hace mal las cosas y la violencia que un día comienza como una chispa, aumenta hasta consumir a las personas. Esta es una rueda de rencores que parece ir creciendo y uno se pregunta si se detendrá en algún momento. Esta es otra obra que comprueba el talento de nuestro joven escritor.

Dejemos que comience.

Ángel Morales

Capítulo I - El Sauce, departamento de La Unión; El Salvador.

En aquel otoño del año 1988 en un pueblo llamado *El Sauce*, había un señor muy picaresco y coqueto, quien enamoraba a las jovencitas; una de ellas era la joven Angélica.

Todo comienza en una fiesta de elección de la *"Reina de las Fiestas Navideñas"*; en la cual salió ganadora Angélica, de 14 años de edad, hija de empresarios salvadoreños que radicaban su mayor tiempo en Europa. Me refiero a los señores: Blas y Milvia García Manzanares.

Al correr de los días salió la revista de las fiestas.Todo el pueblo comentaba sobre la belleza que representaría ese año; aunque unas chismosas decían: "¿Cómo no va a ganar?, si esa familia tiene un montón de plata."

Otras decían: -"¡Lástima que tiene amoríos con ese señor de la ciudad!". Y uno que otro dijo: -"¡Ay!, esa Angélica sí que es ingenua. ¡Es Bellísima!"

Mientras en un barrio del mismo pueblo vivía el señor Alfonso, un hombre casado de aproximadamente treinta años de edad, quien contemplaba la belleza de Angélica en una fotografía.

-¡Mi vida! ¡Llegarás a ser mía... sólo mía! – decía mientras suspiraba.

Departamento de San Miguel, ciudad de San Miguel. Mansión Fuentes Martínez.

En un humilde barrio vive una joven de quince años a quien le han arreglado su matrimonio con un hombre millonario y mayor llamado Simeón Arias, pero ella tiene amoríos con un vendedor de helados.

José Manuel, su papá, quiere que ella tenga un buen futuro y a la vez utilizarla como recurso para salvarse de pagar una gran deuda de juego. En la sala de su casa estaban formalizando el compromiso.

- Tu matrimonio será este sábado en la catedral de la ciudad. – Decía el padre a su hija Esmeralda, mientras Simeón añadía con ojos abiertos y sudor en su frente:

- Podrás salvar a tu padre; de lo contrario lo mataré.

- ¿Qué clase de matrimonio quieren que tenga? ¿Quieres que me case con alguien que te amenaza de muerte frente a mí? – Gritaba Esmeralda con lágrimas en los ojos. Pero José Manuel amenazaba: - Usted se casa porque yo así lo dispongo jovencita.

- ¡No padre mío! ¡No! ¡Por favor no me hagas eso a mí... a tu hija... a tu única hija!

- ¡Está decidido!, te casas el sábado a las tres de la tarde.

Por la noche corrió la noticia en toda la ciudad, noticia que no tardó en llegar a oídos del vendedor de helados; Victorino González, quien acordó verse con Esmeralda en el lugar de siempre; en donde ella se había entregado varias veces a él. En plena relación fueron sorprendidos por José Simeón, acto que interrumpió a gritos:

- ¡Maldita, ofrecida! Se entregó primero a un pobre vendedor de paletas; pero ésto le costará la vida a ese muerto de hambre.

En esa noche de pasión y amor, moriría uno de los dos.

Antes que terminará la noche y en son de juego y como símbolo de su amor, ellos celebraron su propia boda.

- ¡Yo, Victorino González! Acepto por esposa a mí querida princesa: Esmeralda Martínez Fuentes en la salud y la enfermedad, en la riqueza y la pobreza; hasta que la muerte nos separe.

- ¡Yo, Esmeralda Martínez Fuentes! Te tomo como mi esposo, a ti: Victorino González, en la salud y la enfermedad, en la riqueza y la pobreza; hasta que la muerte nos separe.

Fue entonces que José Simeón los sorprendió y de un disparo. Asesinó al joven Victorino.

Los gritos de Esmeralda retumbaban en el pavimento de la calle: - ¡No! ¡Maldito, asesino! ¡Mira lo que hiciste, desgraciado!

- ¿Y qué? Diré que fue en defensa propia. ¿De parte de quién crees qué las autoridades estarán? Ahora tendrás que declarar a mi favor. ¡Maldita traicionera!

- ¡Jamás! ¡Asesino, desgraciado! Le quitaste la vida al padre de mi hijo.

- ¿Qué? ¿Tú, embarazada? ¡No puede ser! ¡Eso es una mentira! Una señorita de alta sociedad se embarazó de un pobre pendenciero. ¡No! ¡Definitivamente eso no me puede estar pasando a mí! Es inaudito. ¡Dios Santo!

Meses después

Para la joven Esmeralda su embarazo ya era notable, situación que la ha llevado a sufrir los más crueles castigos de la vida; su padre la ha encerrado y la ha dejado a pan y agua, teniendo en su vientre un ser que está por nacer.

- Abortas a tu hijo, al hijo de ese innoble, o te mueres con él dentro.- Le decía su padre tras la puerta.

- ¡No! ¡Eso nunca! Primero me muero antes de casarme con ese hombre.

- De todas formas, si nace tu bastardo, lo desapareceremos, ¡y ya! Asunto arreglado.

- ¡No te atrevas, padre mío! Porque entonces sabrás de lo que soy capaz.

El Sauce.

Angélica fue coronada como la reina de las fiestas, y al regresar a clases, esta vez Alfonso llevaba planes de hacerla suya. Todas las mañanas pasaba frente a su casa para llevarla al colegio en su automóvil, llegó ese día frente al colegio en el coche.

- ¡Mi amor! ¿Cuándo nos vamos a casar?

- ¡Mi trocito de cielo! Tú no me has dado la prueba de amor. Date cuenta que yo quiero ser el arquitecto de tu amor, de tu vida. ¡Mi cielo! Sabes que me tienes loco, muy loco.

- ¿Y si quedo embarazada? ¡Santo Cielo! Mi mamá y mi papá me tirarían a la calle; pondrían el grito en el cielo y yo tengo mucho que perder.

- ¿Y yo? ¿Para qué crees que seré tu futuro marido? ¿Para qué me casaré contigo? Tú sabes que es para que vivas conmigo.

Con mentiras Alfonso estaba a punto de lograr su objetivo, pero la chica no quería ceder, era su primera vez, aún tenía 14 años de edad, tenía miedo de resultar embarazada.

Mansión García Manzanares.

La institutriz de Angélica se llamaba Carlota, o 'Nana' de cariño, ésta era una mujer con poco espíritu de humor, pero con mucho amor para con ella.

En el pueblo Angélica era la más bella y adinerada, pero llena de tristeza en su alma por la ausencia de sus padres.

- Nana, a veces pienso que para mis padres yo fui como un error, como que no les importó que yo naciera.- Le decía Angélica a su nana una tarde mientras tomaba un café

- Mi niña. ¡No digas eso!

- Nana, a veces quisiera ser dinero para que mis padres me adoren. A ellos sólo les importa tener más y más, creen que con eso me basta.

- Es muy importante hija, pues quieren darte lo mejor.

- ¿Qué saben ellos cuando estoy enferma, qué me gusta, qué quiero, a quién amo, qué cómo? ¿Acaso no ven mis triunfos, mis sonrisas, mis tristezas? Y tú siempre has sido mi paño de lágrimas, porque papá y mamá nunca están conmigo, sólo trabajan y trabajan. Daría todo por estar y convivir aquí con ellos.

- Ellos trabajan para ganar mucho dinero y darte todo, para que cuando crezcas no te haga falta nada.

- ¡No, nana! Ese es el pretexto; qué importa el maldito dinero si no los tengo a ellos, no comparto con ellos. ¡Sabes! ¡Tú eres mi madre! Desde pequeña has estado conmigo, sólo tú conoces lo mío, mis sonrisas, mis tristezas ¡Sólo tú, nana!

- ¡Gracias mi niña! ¡Eres mi orgullo! Pero tus padres te quieren mucho.

- Imagínate, ellos se interesan en venir después de quince años; hasta mañana que su hija cumple quince años.

- Mañana cumples quince años de vida, mañana será un día muy alegre.

De repente el timbre de la puerta se escucha sonar; llegó Yuri, una amiga muy cercana a la familia.

- Vamos a mi cuarto – le dijo Angelica a Yuri al momento que la vio, mientras Carlota añadía:

- Enseguida les llevo un café.

- ¡Gracias, nana!

- ¡Gracias, señora! – Igualaba Yuri.

En la recámara, Yuri trata de convencer a Angélica para que se vaya con Alfonso, ésto, con todas las malas intenciones.

- ¡Amiga! Yo opino que deberías irte cuanto antes con Alfonso. ¡Él te ama! ¡Lo tienes, loco!

- ¡Ay, no! ¿Cómo crees? Esa decisión arruinaría mi vida; él es un poco mayor que mi.

- ¡Dime una cosa! ¿Él te gusta o no? Tú lo quieres, no digas que no, porque te conozco bien.

- ¡Bueno, la verdad sí, lo amo! ¡Ay, cómo me gustaría estar en sus brazos! Amanecer juntos y ver la salida del sol, el atardecer. ¡Mira! Me siento muy feliz cuando estoy con él, pareciera que el mundo es nuestro.

Yuri, en su mente: "¡Eso, infeliz! Créete que lo amas, vete con ese viejo que es casado, te quiero ver sufrir y perder tu juventud. ¡Jajajá! Total, nadie escarmienta en cabeza ajena, si te equivocas eres tú, nadie te manda a tomar decisiones por consejos de otros. ¡Pobre estúpida! Ver puestas y salidas de sol, qué rayos le importa a un hombre, esas ridiculeces que sólo dicen mientras te conquistan." Pensaba Yuri, con mucho rencor en su alma.

- ¿En qué piensas, Yuri?

- En que tus padres quizás no te quieren lo mucho que dicen; porque imagínate, por quince años no han estado contigo.

- Pero no puedo hacer algo. ¡Dime! ¿Qué quieres que haga? No puedo hacer algo para que ellos estén conmigo.

- Desquítate todo lo que te han hecho, vete con Alfonso y verás cómo les va a doler por haberte dejado por tanto tiempo sola. Una de cal, por todas las de arena.

- ¡No! Son mis padres, no les puedo hacer eso.

- Son tus padres, pero sólo hoy, mañana o pasado y luego vuelven a Europa, se van. ¿Y tú, qué? Les vales mazorca. Papi y mami si te aman, eres quizás su mejor negocio, su mejor logro, pero no te lo demuestran.

- ¿Y qué puedo hacer?

- Vete con Alfonso y deja a todos vestidos y alborotados.

- No puedo hacer eso, la fiesta está organizada.

- ¡Angélica! Ellos tienen mucho dinero, son muy ricos, es decir eres rica.

Al fondo se escucha caminar a la nana Carlota con el café y entra a la habitación sin tocar la puerta.

- ¡Su cafecito, niñas! ¡Con permiso, me retiro! – decía Carlota cargando la charola.

- ¿Y esta, infeliz? ¿No pide permiso para entrar? ¿Qué clase de criadas tienen aquí, chica? – Dijo Yuri, exaltada.

- ¡Perdón! Pero ella es como mi madre, no necesita permiso. ¡Y es más! No la trates así.

Carlota ignorando el cometario de Yuri, dice:

- ¡Hija! Si están hablando de ese hombre, no tomes decisiones apresuradas, no te vayas con ese hombre, sufrirías mucho.

- ¡Tranquila, nana! ¡Ni loca haría eso! Si me ama, que hable con mis padres para que se case conmigo.

Sale Carlota y se queda escuchando tras la puerta.

- Qué sirvienta más atrevida tienes, ¡amiga!

- Ella es como si fuera mi madre, te lo aseguro, es linda y muy buena conmigo, es más, ¡no te expreses así de ella!

- Regresando a lo que nos interesa. Dales la lección a tus padres, piénsalo y mañana tú tienes la última palabra.

Alfonso había recibido la visita de su esposa Natalia, un día antes de irse con Angélica. Sin dar muestras de lo que estaba a punto de hacer, estuvo muy cariñoso con su esposa y su hijo Mártir, que habían llegado al pueblo desde la ciudad de San Miguel.

Alfonso le dijo a su mujer que al día siguiente se iría de viaje, que si ella quería se regresara por donde vino.

Mientras en el pueblo El Sauce, vive la familia de Bartolo. Ellos se han mudado ahí porque su madre fue acusada de estafar a la compañía para la que laboraba. En un juicio le devolvieron la libertad, cuando ella aceptó los cargos y regresó lo robado; pero su reputación quedó dañada por lo que no pudo ejercer más su profesión; hecho que la obligó a mudarse. Bartolo, quien aún era muy joven, decía que su mayor anhelo era ser millonario y que no le importarían los medios para conseguirlo.

- ¡Ay, como odio vivir en este cuartucho! ¡En este mesón de pobres! ¡Es un asco! - Decía el joven, mientras recorría su vista con repudio ante la pobreza de aquel lugar.

- Mira, te tienes que acostumbrar, ya llevamos un tiempo viviendo aquí, acostúmbrate a ser pobre. – le replicaba su madre (Maira), mientras servía la comida del joven.

- Te acostumbrarás tú; mamá, porque yo cambiaré mi historia.

Entra Wendy su hermana, quien presumía de tener dinero, mientras veía a su madre tratando de educar a su hijo con las típicas frases de mamá.

- Hola, hola. ¡Bella familia! – entraba aquella hermosa joven, que vestía vulgarmente.

- ¡Muchachita! Es tiempo qué hagas algo, qué estudies. No es bueno que estés tanto tiempo fuera de casa y sin hacer nada por tu futuro.

- ¡Ay no, mamita! Tú tienes que dármelo todo. Hablaba con mucha presunción, mientras en su celular estaba concentrada en textear.

- ¿Qué puedo hacer si no tengo ni para mí?

Esta era la vida de una madre con dos hijos que parecían empezar a perder la dirección en los caminos de la vida, por excusas de la situación socioeconómica del país.

El Sauce, **Mansión García Manzanares.**

Se llegó el día que los padres de Angélica, regresaban a casa. La nana había notado que la joven no estaba feliz, parecía ser que la nostalgia se había enamorado de ella, hoy día.

La nana Carlota conversaba con su niña, a quien le decía; - Niña alégrese, hoy vienen sus padres. - Al mismo tiempo la nana acariciaba el cabello de su niña, que yace recostada en un sofá entre los regazos de aquella señora que la sentía su hija.

- ¡Nana! Yo estaría alegre si regresaran para quedarse; pero ellos vienen por uno o dos días, ya lo verás.

- ¡No te desanimes, hija! No será así, ellos se estarán más tiempo contigo.

Angélica y Carlota fueron con el chofer al aeropuerto para recibir a sus padres Blas y Milvia. Parecía ser que los padres de Angélica no eran precisamente muy afectivos, sin embargo trataron de hacer lo mejor que pudieron para quedar bien con su única hija.

- ¡Qué bella estás, Angélica! Se expresaba con un tono común y corriente, como si todos los días viera a su hija en persona, mismo hecho que mostraba su padre (Blas).

- ¡Pero, cuánto has crecido mi amor! ¡Mírate, estás bellísima!

- Gracias. - Lo dice desanimada, muy triste, viendo a los ojos a la única persona que de verdad siente que le importa, su nana Carlota.

En ese preciso momento que se acaban las expresiones, donde sienten no encontrar que decirle a su hija, se dirigen los señores a conversar con la nana.

- Nana, gracias por cuidar a mí tesoro; se nota que ha estado en buenas manos.

- Señora, es mi trabajo.

- Gracias, Carlota.

- Quisiéramos estar mucho tiempo con nuestra hija, pero después del festejo tenemos que regresarnos, una junta de trabajo en Madrid nos espera. - *Carlota y Angélica, se dirigieron las miradas tiernamente tristes, con desanimo, ambas estaban preparadas psicológicamente para este momento.*

Mientras Bartolo en una de sus malandanzas se encontró con unos jóvenes como él. Éstos robaban todo a su paso incluyendo niños. Uno de ellos era como el jefe, andaba custodiado por otros dos jóvenes guardaespaldas que lo cuidaban y lo ayudaban en sus trabajos sucios. Estos jóvenes convencieron a Bartolo y lo llevaron ante su jefe, quien se llamaba Severiano, quien le dio un trabajo y le dio explicitas órdenes.

- Tu trabajo consistirá en apoyar a Leo, que es el cabecilla de este grupo; cuando tú aprendas, y sé que lo lograrás, tendrás tu propio grupo. – señalaba el jefe, como incentivando a dicho joven para que pusiera lo mejor de sí, y claro, el joven puso sus ojos brillantes, porque tendría dinero y lo que él quisiera para ayudar a su familia.

- Sí, señor se lo aseguro. – decía tal chico, ante la propuesta del gran jefe.

En la Mansión García Manzanares.

Llegó el momento de la gran fiesta de quince años de Angélica, todo estaba preparado y ella posaba para sus fotos. En la mansión estaban sus padres y amistades, su novio, quien con una mirada le indicó que fueran a la recámara, ya todo estaba planeado.

- Mi amor, ¿nos vamos? Este es el mejor momento, nadie nos verá. – Con aquellas palabras de suavidad, y ante la decepción que tuvo con sus padres, Angélica fue empujada por su mente, para abandonarlo todo por un amor.

Angélica, cuestionaba a su novio sobre lo que pasaría con la fiesta.- Mi amor, pero, ¿la fiesta?

- Mejor fiesta haremos después. No importa, ¿sabes?, lo que importa es que te amo, y tú y yo nos iremos hoy a otro lugar.

Mientras Alfonso hacía promesas de política en el amor, Yuri escuchaba todo tras la puerta, esperaba como un ave de rapiña a que la presa cayera en la trampa, ansiosa se encontraba de que Angélica pereciera - "¡Llévatela, desgraciado! Sé que es la misma mentira que me dijiste a mí".

A lo que Angélica contestaba - Mi mejor amiga, Yuri, me dijo que no estabas casado, que eran calumnias, es por eso que he tomado la decisión y, me iré contigo.

Alfonso en su mente celebraba – "Valiente amiga la que tienes, mas no sabes que ella fue mía, ¿no? Si bien digo que una amiga tan fiel no es más que un enemigo mudo y a largo plazo." – decía aquel hombre en mente, mientras le brillaban los ojos de contento.

Angélica creyendo las mentiras de Alfonso, decidió formar vida con él y se fue vestida de quinceañera, dejando a su familia e invitados en plena fiesta.

Y esto aconteció momentos después:

La nana Carlota, fue en busca de su niña, era hora de partir el pastel, pues la quinceañera apenas si había bailado en vals y desapareció - Voy por la niña, ya es hora de partir el pastel. - La nana había subido a buscar a su niña, todo parecía pacífico.

Carlota, encontró tirado el ramo sobre la cama y una carta, lágrimas corrían por sus mejías, se imaginaba que la niña en decepción y por consejos de una "querida enemiga", había abandonado todo, por lo que leyó lo que la carta decía – "Nana, gracias por todo tu amor de madre, ese amor que siempre me diste, perdóname, lo tenía qué hacer; porque si no era hoy, no sería nunca. Me fui con el hombre de mis sueños y a ustedes papá y mamá, no les haré falta. ¡Si quince años estuvieron sin mí!" – He ahí una madre sustituta llorando la desdicha de una hija de crianza, regocijo santería la víbora con cara de amiga de falsa.

Carlota grita desesperada y corre para avisar a sus patrones, cuando Yuri riéndose aparece frente a ella, y le dice -¡Te gané, sirvienta infeliz! Te quedas sin tu hija pródiga. ¡Desgraciada, mugrosa! ¡Creíste poder conmigo, maldita! Pobre, solo una ilusa como tu niña podría creer en una amiga como yo, y en un amor tan bonito, pero de mentiras. A partir de hoy comienza el infierno para ella y lo que venga en adelante, no serán salidas, ni puestas de Sol, sino Sol oscuro. - Y d*esde la sala se escucharon los gritos de Carlota y pronto subieron Milvia y Blas, corrían agitadamente.*

Blas, preguntó repetidamente - ¿Qué pasa? ¿Qué pasa? – La nana veía a sus patrones mientras muchas lágrimas de sus ojos bajaban entre sus mejillas, cosa que disfrutaba maestramente la malvada Yuri.

- ¡Mi hija! ¿Dónde está? – La madre de Angélica, miraba a la nana con enojo y desesperación, mientras Blas, se daba la espalda, como pensando y analizando a la ligera.

Y la nana, antes de ser juzgada, atacó - Ella se fue por culpa de ustedes dos.

- ¿Cómo? ¿Por qué por nuestra culpa? Explícate mujer. – Desde luego la nana leía los ojos de enojo que tenía su patrón, a quien junto a su esposa les pidió que tomaran la carta y le dieran lectura.

- Lean esta carta.

- Enséñame ese papel. La madre toma la carta de manera agresiva, jaloneándosela de las manos de la nana.

Milvia le dio lectura a la carta, frente a su esposo y a los malvados oídos de aquella falsa amiga, lo increíble fue la reacción que pusieron los padres de aquella susodicha fugada joven.

- ¿Cómo vamos a quedar en ridículo frente a la sociedad? – Milvia y Blas, padres de Angélica, en lugar de preocuparse de su hija, se preocuparon por el "qué dirán".

- Sí mujer, nuestro apellido andará de boca en boca por culpa de esa malcriada que tienes por hija. ¿Cómo nos pudo hacer esto?

Ellos bajaron y despidieron a la gente, muy avergonzados por lo sucedido; pero realmente era más vergonzosa su conducta social, que preferían cuidar un apellido antes que preocuparse de su propia hija.

- Buenas noches, amigos y amigas les pedimos mil disculpas, pero nuestra hija no está en condiciones de bajar y lo que podemos decirles, es que se termina la fiesta.

Todos se fueron retirando, hasta quedar solamente tres en la mansión: la señora Milvia, el señor Blas y la criada Carlota. Los señores estaban enfadados con la situación que sólo decidieron marcharse.

- Carlota, empaca mi equipaje. – dijo Blas, hecho al que la esposa replicó, que hiciesen con lo de ella.

- Ah, también el mío.

- Sí, señores.

- Mira, si viene esa mal agradecida no la dejes entrar; échala de la casa como a un perro, quiero que la corras. – había mucho enojo en aquel hombre. Pues se sentían avergonzados por el mal rato que pasaron con sus invitados.

Carlota tristemente, dijo – Señor, pero...

- ¿Pero qué, Carlota? – contestó en enojo la madre, a lo que la nana sólo agachó la mirada.

Ciudad de Santa Rosa de Lima.

Alfonso y Angélica llegaron al lugar donde se hospedarían. Alfonso ordenó una habitación decorada de velas y muchos pétalos de rosas; se entregaron sin vacilaciones. El tiempo y el reloj fueron los testigos del amor que Angélica le profesó a Alfonso.

Ciudad de San Miguel.

José Manuel convenció a su hija de que se casara con Simeón, para que el hijo que estaba por nacer tuviese un padre. Sin amor, Esmeralda unió su vida a Simeón, quien en medio de la ceremonia dijo - Brindemos porque mi esposa y yo vamos a ser los padres más felices del mundo.

Tiempo después Esmeralda dio a luz a mellizas, pero su padre y Simeón se las arrebataron, las llevaron lejos, a otro pueblo donde las abandonaron. Es así como las niñas fueron separadas de su madre.

Santa Rosa de Lima.

Alfonso, le revela todo a la joven Angélica, sobre su vida y su verdad, que él era casado:

Angélica siente que el mundo se le viene encima, pues las maldiciones de una esposa serán contra ella - Mi amor no me dejes.

- Tengo a mi esposa y mi hijo, tú no dejarías a un niño sin su padre, ¿verdad? – le decía descaradamente, aquel que luchó por llevársela a la cama.

- ¿Sabes? Espero un hijo tuyo. ¿Qué vamos hacer sin ti? – Las suplicas llenas lágrimas no eran suficientes para que este hombre se quedará junto a la desdichada, quien le dijo estar embarazada, poco pareció importarle dicho hecho.

- Abórtalo y, olvídate de mí.

Angélica perdió la dignidad arrodillándose y pidiendo clemencia por aquel ser que yace en su vientre,fruto de un desdichado amor - ¡No! ¡Amor, no te vayas! ¿Por qué me mentiste, si yo te amo?

- A mí no me retienes con lágrimas, tú te viniste por tu propia voluntad. ¡Que ilusa! Yo amo a mi esposa. Le dijo aquel hombre, sin tocarse el corazón.

- Que injusto eres, dejé todo por ti; abandoné a mis padres, a mi nana, te entregué lo mejor de mí. ¿Por qué juraste que me amabas? ¿Por qué lo hiciste? – explicaciones suplicaba, aquella pobre muchacha sentada en el piso.

Departamento de La Unión, municipio El Sauce: "Barrio Las Flores"

En algún lugar del pueblo se encontraban las amigas de Wendy, quienes eran las chiquillas más fichadas de ese pueblo; porque les gustaba andar con hombres mayores, para sacarles dinero a cambio de sexo.

- ¡Ay, amigas! Tengo que hacerme un nuevo 'look', con lo que gane esta noche me voy a transformar, para conquistar a ese guapo policía al que le dicen el payaso. – Wendy, siempre solía tener aires de grandeza.

Irma, una de sus amigas le comentó - Y tú Wendy, ¿por qué no quieres decir dónde vives? Mejor invítanos a la piscina de tu casa.

Wendy, muy asustada, en su pensamiento dijo – "¡No puedo! Porque yo vivo en un mugroso mesón."

- ¿Qué te pasa? ¿Por qué te quedas tan pensativa? – añadió Irma, interrogando a Wendy, frente a sus demás amigas.

- O sea, ¿no nos quieres invitar a tu casa? En buen plan, ordena tus pensamientos y dinos las verdad, verdadera amiguita. – agregó a esto la joven Claribel, una más de aquellas chicas del grupo.

- Oye, ¿qué te pasa? Pronto mandaré a mi chofer por ustedes.

- ¡Wow! Hasta de chofer. Pero Irma se asombró porque sospechaba que su amiga era pobre y se hacía imaginaciones con lo que no tenía, hecho del que Claribel también supo percatarse.

Wendy se dijo en mente – *"Esta mentira no se puede alargar."*

- Amigas, perdónenme; la verdad es que soy más pobre que un gato sin ratones que cazar. Dijo Wendy a sus amigas, quienes la abrazaron y no la rechazaron.

- ¿Por eso lloras?

- Tranquila, nosotras somos iguales de pobres, pero con los trabajitos nocturnos alcanzamos para vestirnos como queremos.

- No quería alargar esa mentira, amigas.

- Eso es bueno, nunca debemos hacernos ilusiones con lo que no tenemos.

- ¡Ay! Qué melancólicas están, mis bebés. Dijo Claribel, mientras se abrazaban y se mostraban mas unidas que nunca.

- Gracias por comprenderme.

- Algo importante: cuando hagas tu trabajo, exige protección, para no quedar embarazada o contagiada de 'X' enfermedad.

- ¿Trabajo de sexo? ¿Cómo así?

- Ay 'mijita'. ¿Quieres trabajar en una oficina o qué?

- ¡Oye! ¿Pero, y tú de dónde eres?

- ¡Sí, Wendy! ¿De dónde?

- De ciudad "Barrios, San Migue". Wendy, Irma y Claribel se dedicaban a pararse en los lugares públicos, donde sabían podrían agarrar hombres que pagaran por sus cuerpos, no eran prostitutas declaradas; pero ya lo dice el dicho, cría fama y échate a dormir, todos las creían así.

Río El Sauce.

El tiempo corría. La señora Alberta, directora del orfanato Santa Úrsula, encontró a una niña en el río, estaba en una cajita de madera, vestidita con ropa muy fina. La suerte para la otra niña no fue tan buena, ya que quien la encontró fue Bartolo y se la entregó a su jefe. Así fue como las mellizas fueron separadas.

Ciudad de San Miguel, Hospital Nuestra Señora de La Paz.

De regreso a la cuidad venían el señor José Manuel y Simeón, cuando unos pandilleros los sorprendieron y con afán de robarles les dispararon. Llegaron graves al hospital, donde pronto murió Simeón. La señora Esmeralda estaba desesperada por encontrar a sus gemelitas y ahora estaba a punto de perder a su padre, quien era su última esperanza.

En una habitación del hospital agonizaba el señor José Manuel, momento en que dio a conocer el nombre de las niñas.

José Manuel a punto de entregar su grosera materia, reveló los nombres de sus nietas gemelas - Las niñas son *Maklin Lisbeth y Ana Elizeth*, yo les di el apellido Fuentes. – justamente *muere en el momento* que ha revelado todo; pero deja a su hija con un intenso dolor en el mal, pues ahora ella deberá buscar bajo cielo mar y tierra a sus pequeñas.

Esmeralda postrada de rodillas, junto a la camilla donde yace su padre muerto, ahí se le podía ver que solo lloraba - ¡Papá! ¡No! ¡Papá!

Entra la doctora.

- ¡Falleció! Señora, lo siento mucho, hicimos lo que pudimos, pero fue imposible. La Dra. Azucena, certifica la muerte del hombre y Esmeralda se queda con muchas dudas y dolores en el alma, así mismo se retira la doctora dejando a solas a la hija con el cuerpo del padre.

- ¡No! ¡Papito! Te fuiste sin decirme dónde dejaste a mis hijas. ¡No! ¡Maklin y Ana! ¡Hijas mías! ¿Dónde están? ¿Qué destinos tendrán mis niñas? – Agudo era el dolor de esta madre que tendría los pechos y el alma secos de dolor y desesperación, por lo que pronto llegó la doctora acompañada de una enfermera. La Dra. Azucena le pidió a la enfermera un calmante para la señora Esmeralda.

El Sauce, Barrio El Centro.

Por otra parte el tiempo transcurría y Angélica estaba a punto de dar a luz, su vida dio un giro inesperado. Después de que aquel hombre la abandonó dejándola desprotegida, sin techo y sin comida. Divagó por varios días, durmiendo en las calles y se alimentaba hasta de los basureros. De esa manera regresó a su pueblo en busca de ayuda y en la primera que pensó fue en la que creía aun era su gran amiga.

- ¡No sé quién diablos eres mujer! ¡Vete, limosnera! ¡Vete de mi casa, infeliz!

- ¡Soy yo Angélica, tu amiga!

- ¿Qué Angélica? Yo no conozco a ninguna Angélica. ¡Oh, sí! Conocí a una infeliz Angélica, pero nunca fue mi amiga. Yo la odiaba, así que vete, ¡fuera de aquí!

- ¡Por favor, escúchame, necesito que me ayudes!- Lloraba pidiéndole ayuda a esa desgraciada que creía era su amiga.

- ¿Qué quieres? Le dijo con odio y aborrecimiento.

- Sólo comida, dame comida, por favor.

- Espera aquí desgraciada, ya te traigo algo de comer, veré si sobró algo. - La malvada, sacó unos panes de los que usaba para darle de comer a los cerdos y se los tiró al piso.

- Tú sabías que él era casado. ¿Por qué me engañaste?

- Él me hizo lo mismo a mí y quise que tú sintieras lo mismo que yo sentí.

- ¡No! ¿Por qué lo hiciste? Mira como quedé. Yo era feliz con él, lo amaba, era mi vida; hasta que supe que él era casado. ¡Maldita sea! ¿Por qué no me dijiste eso, Yuri? Para mí todo se desmoronó; mi vida, mis ilusiones. – Llora frente aquella que no era más que una pobre rencorosa.

Yuri retocándose las uñas, con un exquisito toque de delicadeza, hablaba con rencor, mientras veía con asco y vergüenza a la pobre muchacha que un día fue casi su hermana. - Querida, a mi qué diablos me importa; yo también fui lo mismo para ese perro infeliz.

Angélica, presa de la angustia tira los panes en la cara a Yuri, quien furiosamente intenta levantarle la mano; pero se detiene, púes sabe que está embarazada y, se le cruzan por la mente, aquellos momentos de "buenas amigas".

Yuri esta avergonzada, sus sirvientes presenciaron tal escena, momento en el que gritó en ataque de histeria. - ¡Maldita loca! Esto te va a pesar, fuera de aquí, fuera, vete y no vuelvas.

Poco sería el tiempo de vida para Angélica, estaba enferma y débil. Decidió ir a su antigua casa; claro, temía que su nana no la atendiera, pues de seguro estaría muy enojada por lo que ella hizo. A lo lejos la vio a su nana, aún sin reconocerla porque andaba toda andrajosa. Angélica se acercó a la puerta y llamó con muchos nervios.

Angélica cayó de rodillas justo cuando la nana abría la puerta - ¡Ayúdeme, nana! – Esas fueron las palabras de aquella destruida joven mujer.

Los ojos de la nana Carlota no pudieron dar negativa - ¡Hija, mira cómo estás! ¿Qué te ha sucedido? Dame tu mano, entra, ya estás en casa.

- ¡Nana! Te contaré… decía Angélica casi perdiendo las fuerzas, parecía que la vida se le estaba yendo sin darse cuenta.

- ¡Qué desgraciado, maldito descabellado!

- ¡Nana! No te preocupes, esa rata tarde o temprano pagará todo el daño que me ha causado. Créeme, después que dé a luz me iré de la casa con mi niño para siempre, lejos de aquí. —Angélica estaba vuelta un guiñapo, era triste verla sin sonrisa, y sin ganas de seguir.

- No, usted no se va mi niña. Esta es y será tu casa.

De pronto, Angélica, comenzó a sentir fuertes dolores y su rostro empalideció.

- ¡Niña, despierte, niña! ¡Dios mío! he de avisar al doctor inmediatamente, esta pobrecilla está a punto de dar a luz.

La señora Carlota no se equivocaba, ya era el momento. Sin saber que esos eran sus últimos días de vida y con la ayuda de un doctor, Angélica trajo al mundo a un bello y precioso niño, a quien llamó Gerson García Manzanares. Después del parto, ella murió.

El Doctor dijo a la nana - Pobre muchacha ha muerto, así es el ciclo de la vida, nacer crecer y morir – Así se expresaba el doctor, mientras cerraba los ojos de aquella mujer. Y nuevamente se dirigió a la nana - Carlota, como sé que estás sola y no tienes ayuda, yo solventaré los gastos del sepelio y en cuanto tenga los resultados de la autopsia, vendré a dártelos.

Carlota estaba desecha ante el destino de su niña, que era una pena; pero tan joven había entregado su vida al Creador, en llanto lo único que pudo hacer la nana fue agradecer - Gracias doctor, sé que usted y mis patrones han tenido una larga y buena amistad.

- Y al niño le haremos los estudios pertinentes, para asegurarnos de que está bien.

Ciudad de San Miguel, centro de la ciudad.

Para Alfonso Riva de Negra todo transcurría con normalidad, aunque su esposa empezaba a dudar de su palabra.

Natalia Valentina, vuelve a reencontrarse con su marido, y sólo estudia a su marido, ocultándole las sospechas de que cree le es infiel - ¿Cómo te fue con el comprador de la otra casa?

Alfonso, actuaba naturalmente, no parecía que llevase un terrible pecado en mente, el haber despreciado un fruto de su propia sangre - ¡Muy bien mi amor! ¿Y mi hijo, dónde está?

Entra el niño, al llamado; Mártir quien corre a los brazos de su padre, y es que pocas y contadas veces lo ve - ¡Papá, ya vino! ¡Papi, papi!

Alfonso abrazó a su hijo, lo cargó en sus brazos y le dio un beso en la frente, prometiéndole algo le dijo; - Sí, campeón, aquí estoy hoy y para siempre contigo. La esposa veía a su hijo feliz junto aquel hombre, era su feliz familia.

Meses después.

La situación económica de Carlota era difícil y decidió irse de la casona, se marchó sin dejar rastro. Claro, no sin antes abandonar al bebé en la pila bautismal de la parroquia San Antonio de Padua y junto a él una nota que decía: -este niño se llama Gerson Leonel García.

Enero del 2000, habían pasado 12 Años.

Gerson Leonel García, un muchachito de doce años quien al igual que muchos niños abandonados y por la ausencia de sus padres, sufrió maltratos y depresión durante su infancia.

- Estoy solo en el mundo, nadie se preocupa por mí, si muero no llorarían, a nadie le importaría si desaparezco. – Nostálgicamente hablaba Gerson mientras veía unos montes a través de los barrotes de una de las ventanas de la cocina del orfanato.

Herbert, uno de sus mejores amigos trató de animarlo. - ¡No digas eso, amiguito! Tú vales mucho; en algún lugar habrá alguien que te quiera. ¡Aunque tus padres ya murieron, hace mucho! Estoy seguro que vas a encontrar a alguien que te valore y te quiera; así es que, ¡anímate! No pienses cosas malas.

- Mira 'baboso', tú aquí no vives en un castillo, para que estés ahí infantilizando. ¡Ay sí, estoy llorando! ¡Ay, la niña, bla, bla, bla! ¡Odio a los llorones! – Decía el de vibras pesadas, llamado David, un mal encarado y joven, para ser tan egoísta.

- Oye tú, tonto, no te metas donde no te han llamado porque el que se mete con mi amigo Gerson, también se la ve negras conmigo, ¡baboso! – Pero Gerson parecía no estar solo, contaba con muy mala situación económica; pero con muy excelentes amigos, muestra de ello, Isaac que trató de defenderlo de los ataques del amargado de David.

- Sí, mira como tiemblo, ¿tú, y cuántos más? ¡Eh! ¡Ajajá! ¡Huy, qué miedo, estoy temblando! - Hacía gestos de ademanes de que temblaba, mientras se burlaba de Gerson y los amigos del mismo.

Isaac no se quedaba atrás, hacia parodia de lo que David hacia y decía -¿Quieres probar? – Entonces comienza los agarrones, hasta que se tumban a golpes.

Gerson los separa, evita que la pelea incremente, puesto que de lo contrario serán castigados de la peor manera - ¡Isaac! ¡No lo hagas, por favor! Paren de pelear.

Alberta, esta mujer con aspecto de machista, es la directora del orfanato, tras enterarse de la pelea corre para castigarlos, y todo comienza con gritos y regaños - ¿Cómo se atreven? Mereces un castigo niño.

Gerson fue culpado del problema que inició David y, *tomando al niño de la orejas; Alberta lo condujo al sótano, sin tan si quiera permitírsele explicaciones o justificaciones de parte del chico.*

Alberta, a quien parecen tenerle miedo, castiga cruelmente al inocente chico, diciéndole; - Te quedarás encerrado para que aprendas a reflexionar sobre tu indigna actitud.

Aturdido, Gerson lloraba. Permaneció en aquel sótano estrecho y sucio, aún sin comprender muy bien el porqué de su castigo.

Ciudad de San Miguel:

Alfonso estaba en la catedral de San Miguel, muy arrepentido por lo que había hecho con las jovencitas Angélica, Sonia y Yuri, doce años atrás. Había muchos pecados por curar, a todos tarde o temprano nos llega la hora de arrepentirnos.

Alfonso se encontraba en el confesionario junto al respectivo sacerdote, descansa diciéndole sus pecados - Padre, embaracé a una adolescente hace doce años. Si mi hijo vive estará grande, aproximadamente de esa edad. Para entonces yo era un hombre casado ya y con un hijo.

El Padre César añadió - Después de todos estos años tu deber como padre es buscarlo y aceptar la responsabilidad. Ese niño debe saber que tiene un padre.

- Sí padre, gracias; sólo que me resta poco tiempo de vida, tengo VIH/Sida desde hace unos años. – Se confesaba, estaba desahuciado y quería remediar los errores cometidos; pero le saldría difícil porque con un muerto ya no podía remediar nada, ni rezándole una y mil veces, el padre le veía compasivo y arrepentido, sabía que esto de sentar cabeza para este hombre era tarde, y que tenía que pasarle algo fuerte para que se diera cuenta del mal que había hecho en su andar por la vida.

- Peor aún hijo, búscalo, Dios te acompañará en tu camino.

Mientras en Europa el arrepentimiento ha comenzado y muy tarde, parece ser que todos quieren el perdón por sus pecados.

Milvia sólo esperaba una pronta reconciliación con su amada hija, la cual cada vez se veía imposible. - ¿Qué pasará con mi hija? Sólo espero verla por última vez, para morirme en paz.

Blas, aún tenía rencor, desconocía que la única hija de su matrimonio ya no estaba entre los vivos - Esa desdichada no merece tu sacrificio. ¿Ya se te olvidó lo que nos hizo? – Pero la sirvienta de aquellos señores, propuso algo que alegro el espíritu de Milvia.

Ángela era el nombre de aquella sirvienta quien dijo; ¿Por qué no contrata un investigador privado para que busque a su hija?

- Tiene razón. Mi amor, ¿harías eso por mí?

Blas miró a su esposa, se dio cuenta de que con dicha mirada ella le suplicaba, ya eran mayores, querían darle todo a su única hija, entonces el viejo Blas dijo; - Si tanto es tu insistencia, mañana iremos a ver a Pedro, él nos ayudará, todo sea por tenerte contenta. - Las palabras de Ángela, trajeron a la señora Milvia vientos de esperanza.

El Salvador, Ciudad de San Miguel.

En casa de Alfonso, *Natalia Valentina Oreiro de Riva de Negra termina por darse cuenta que sus sospechas del pasado eran reales; cuando su marido le confiesa que está enfermo y de paso él mismo le hace ver la verdad sobre sus traiciones y descendencias.*

Alfonso conversaba a solas con su esposa, había merodeado tanto por un espacio en el cual conseguir tomar valor para hablar, ella lo sospechaba; pero no le decía nada - Tengo mis días contados. – dijo mientras su esposa se quedo boquiabierta, dejando caer de sus manos aquella taza de té que mojó su fino sofá de piel de anilina.

- Mi amor, no te vas a morir. Tienes que ser fuerte, verás que sí. Además verás a tu hijo triunfar. – añadió la esposa, mientras lo tomaba de las manos, sin imaginarse la bomba de tiempo que estaba dentro de la boca de aquel hombre.

- Mi amor, tengo que confesarte algo grave.

Natalia Valentina veía los ojos de aquel hombre, notaba su preocupación, por lo que le comentó. -¿No me fue infiel, verdad? – *Pausa, lo ve fijamente a los ojos, su sexto sentido le hace responderse sola, que de inmediato en un ataque de neurosis comienza a gritar.* - ¡Sinvergüenza! Dime que no es cierto lo que sospecho.

- Pues sí, te fui infiel, cuando trabajé como director de los dos colegios. Todo eso pasó antes, mucho antes de mi jubilación.

Natalia muy indignada y enfurecida le dio doble bofetada a su marido.

- Alfonso, mírame a los ojos y dime. ¿Cuándo yo te he sido infiel?

- Nunca mi amor, pero es que... Mi amor no me mires así, me duele tu indiferencia, me da tristeza, rabia e impotencia lo que te hice.

- No me llames mi amor, sólo quiero saber con quiénes te has revolcado a mis espaldas. Alfonso, avergonzado de su indignante conducta mientras tenía la hormona caliente, no quería ahora dar explicaciones, pues esa calentura le había traído graves y fatales consecuencias.

- Eran tan solo unas chiquillas; al principio todo fue un juego, pero poco a poco fui perdiendo el control. Te lo he confesado porque no puedo cargar con esta mentira. Hoy debo buscar a mi hijo para reparar el daño que le he causado.

Natalia Valentina cambió su mirada de dramática a un odio incalculable, sabiendo la existencia de un ilegítimo - ¿Cómo fuiste capaz de hacerme eso? ¿Por qué a mí? ¡Mírame bien!

Su odio había incrementado, por lo que no pudo dejar de maldecir al descendiente de las bajas pasiones de su marido. - Si eso es cierto tienes que dejar a ese bastardo mugroso ahí donde está, pero si quieres salir a buscarlo ve y no regreses nunca.

- No, no puedo. Dijo Alfonso tristemente, tratando de que su esposa le viese a los ojos, y buscando pedirle perdón.

Un perdón fue el que Natalia, parecía no querer dar, por lo que lanzaba su veneno contra el inocente hijo ilegítimo - Ese mal nacido no debe ser nada tuyo, seguro eran unas perdidas y claro, como el "Don Juan" es tan... - parecía que ella deseaba que el niño no existiese, hablaba con odio y múltiples aspiraciones de desaparecerlo. Estaba tan enojada, que no había forma de controlarla, sus insultos no paraban, diciendo; - ¡Tuvo que caer! Eres peor que una rata. Jamás debiste de hacerme eso.

Alfonso pensaba que ese enojo era momentáneo, sin sospechar que una mujer herida no perdona fácilmente - Son mis hijos y los tengo que buscar; Joaquín Sarán se encargará de eso personalmente.

- ¡Joaquín Sarán! Tenía que ser ese abogadesco bueno para nada, tuvo que meterse en nuestras vidas. Mira, ese bastardo hijo tuyo jamás vendrá a esta casa. Así tenga que matarlo yo misma. −

señalaba amenazantemente aquella herida mujer, presa de una furia, que Alfonso sabía no podía evitar.

- Por favor, déjame ser feliz los últimos días de mi vida, tú no puedes decidir lo qué quiero hacer; si pronto he de morir, tengo que hacerlo con la conciencia tranquila. – lo decía Alfonso pidiéndole a su esposa que lo entendiese.

Y esto que se dijo lo escuchó su hijo Mártir, quien corrió hacia su padre.

- ¿Qué dices papá? ¿Te vas a morir?

- Natalia esposa mía, Mártir mi pequeño hijo, yo no quería que ustedes supieran, pero habiendo dos hermanos de por medio tenía que hacerlo, para que me entendieran hoy y, no me juzgaran después.

- ¿Qué? Papá dime. ¿De qué te íbamos a juzgar? ¿Y qué tienes tú?

- Esto es muy doloroso para mí, pero tengo que decirles la verdad. Mi vida poco a poco se me va. Tengo VIH/Sida y, me voy a morir muy pronto.

- Vete a tu recámara hijo. Hazme caso, ¿sí?

- Sí, Mamá. El niño se retira corriendo, mientras la discusión se vuelve más acalorada, el niño, sigue vigilando a sus padres, se entristece de verles llorar y discutir.

- ¿Cuántas mujeres tuviste aparte de mí?

- Pues mira, tengo una hija con otra mujer, eso ya lo sabes.

- Sí, ya lo sé; pero no es eso lo que quiero saber.

- Pues así es, tuve tres mujeres más aparte de ti.

- ¿Quiénes son esas mujeres?

- Eso no importa. — Dijo Alfonso, mientras su mujer furiosa exigió los nombres, de los cuales no le dijo nada.

Días más tarde.

Después de su muerte, Alfonso dejó su testamento clausurado hasta que aparecieran sus otros hijos. Sorpresa para Natalia Valentina al saber que en el testamento no figuraba su nombre. Y más aún se da cuenta que el VIH/Sida lo tenía muy avanzado, en fase terminal. Llama a su hijo y le hace jurar venganza.

- Hijo, júrame, júrame que tú vas a vengar la muerte de tus padres. Los que causaron esto tienen que pagar el precio de la muerte. — Marcaba el alma de un niño, quien lloraba viéndola terminar postrada en aquella cama, de aquel frio y solitario cuarto de su casa.

- ¿Cómo? ¡Mamá! ¿Cómo me pides eso a mí?

- Yo recibí una carta de alguien para tu padre y ahí decía que el hijo que tiene se llama Gerson, y la hija no lo sé. Tú debes buscarlos y encargarte de eliminarlos.

Mártir, apenas era un niño, y ya pesaba sobre él una promesa impuesta, pues no tuvo de otra que darle una respuesta positiva a su madre. - ¿Pero, por qué? Si ellos son mis hermanos. Además, a mí no me importa en cuántos se reparte el dinero de papá; tampoco me importa, eres tú y sólo tú, mamá. El llorándole, imploró a su madre olvidarse de los errores de su padre, y aun así la ceguedad de esta mujer no dejó de insistir en que le prometiera venganza por el daño a su familia.

- ¡Ay, ay, ay! ¡Hijo, me muero! Júrame, júramelo.- Muere Natalia, dejando en la mente y corazón de su hijo un veneno con antídoto de encontrar el perdón en el corazón.

-Te lo juro mamá. Te juro que haré lo que me pides, por amor a ti. Mártir lloraba encima del cadáver de su madre.

Un juramento había pesado sobre la vida de Mártir, sin imaginar que eso le llevaría a cometer los errores más fatales de su vida y hasta su propia muerte; mientras el abogado de la familia le dijo: - No hijo, ese juramento es demasiado para ti, no puedes llevar odio en tu corazón, además es sangre de tu sangre.

Y Mártir con brillo de odio en los ojos, añadió - Le juré a mi madre que los iría a buscar y destruir; así tenga que venderle el alma al mismísimo Diablo.

- Sobre mi cadáver les harás algo a esos dos pobres infantes sin hogar. – Dijo Joaquín al envenenado pequeño hijo de los difuntos Alfonso y Natalia Valentina.

Mansión Díaz de León.

Sonia leía el periódico y de sorpresa ve la noticia en donde anuncian que ha muerto el hombre que tanto amó.

- Kassandra, hija ven, ven. Kassandra Estrella, ven. Mira lo que dice este periódico. Muestra a su joven hija, aquella noticia, con lágrimas en los ojos.

- Enséñamelo mamita. ¿Es papá y su esposa?

- Amé a ese hombre muchísimo con todas mis fuerzas, pero él me engañó; él era casado y yo apenas tenía catorce años. Mi madre me castigó cuando supo que me fui con él, de ahí resultaste tú, mi tesoro. – Madre e hija se miran y se transmiten unión.

- Lo sé mamá, y a papá sé que lo amaste porque aún estas llorando por él. – Con sus dedos limpia las lágrimas de los ojos de su hermosa madre.

Después de la muerte de Natalia Valentina y Alfonso, la pregunta era: ¿Qué tipo de cláusula había dejado Alfonso en su testamento?

Europa:

Blas invitó a su amigo Pedro a su casa y éste no fue a la cita, disculpándose por inconvenientes de trabajo, le solicito a Blas, que fuese personalmente, por lo que Blas acudió a la casa de habitación de Pedro.

- Buenos días, ¿cómo te va? – se saludaron emotivamente con un estrecho saludo de manos y un caluroso abrazo.

- Muy bien, ¿y a ti? Mejor ni digo, ya imagino cómo te va. – le dijo Pedro a su amigo Blas.

Blas, tristemente, dejó de ser el de corazón duro, frente a su amigo y confesó no sentirse bien del alma. - Muy mal. – Tal expresión, fue la que Blas le dio por respuesta a su amigo.

- Pasa, no te quedes ahí... Lety ofrécele un té o lo que sea.

- Enseguida, señor.

Lety se dirige a cumplir las órdenes de su patrón - Señor, disculpe, ¿qué le gustaría tomar? – Preguntó a la visita (al Sr. Blas).

- Agua, solamente agua.

- Tráeme lo mismo a mí. – Añadió Pedro, mientras su empleada, se dirigió a la cocina a preparar los vasos con agua.

- Como verás, te decía: Hace catorce años que no sé nada de mi hija Angélica; por esa razón es que estoy aquí, quiero iniciar su búsqueda.

- Dime algo, ¿cuándo fue la última vez que la vieron?

- El día de su fiesta rosa (fiesta de quince años), hace trece años creo. Sí, exacto hace trece años. – Dijo aquel viejo hombre, como queriendo calcular la fecha última que vieron a su hija.

Pedro alentó el alma de aquel hombre, al decirle que se pondría cuanto antes a resolver tal caso. - Mañana mismo iré a buscarla a ese pueblito donde la dejaste. – La empleada sirvió el agua y se retiro para seguir en los afanes de la casa, mientras el par de amigos conversaban, sentados en un cómodo sofá.

- Gracias amigo, sabía que podría contar contigo, ese es mi buen amigo, Pedro Lucilo.

- Eres mi gran amigo Blas, sabes que puedes contar conmigo.

- Me retiro, mi esposa sigue mal con eso de la desaparición de nuestra hija; voy a casa, no puedo dejarla sola. – Dijo Blas, mientras tomaba un sorbo de su agua, luego poniendo el vaso sobre la mesita del centro, intentó levantarse, hasta ponerse de pie para retirarse, le costaba pararse, no tenía la misma juventud y fuerzas de antes, por lo que la empleada acudió ayudarle a ponerse de pie.

El Salvador, departamento de La Unión, municipio de El Sauce; en el orfanato:

Muchos han puesto los ojos en un niño, el cual será trasladado a otro orfanato, donde conocerá la sonrisa y el verdadero amor; amor que se deberá enfrentar a muchos retos.

Alberta, a base de mentiras se prestaba a realizar crueldades en los rostros de los niños salvadoreños, unida a la ambición de un hombre que le ofrecía amor interesado. Ella intercambiaba y regalaba niños a ese individuo, para que trabajaran en una red de ladroncillos.

Severiano, el mismo canallesco ser, para el que trabaja el joven delincuente llamado; Bartolo. Extrañamente este hombre había comenzado un interés por conocer el pasado de Gerson. En una entrevista a solas con la directora del orfanato, instalados en la oficina de la mujer, tomando una copa, conversaban los malvados. – Dime, ¿de dónde es originario Gerson?

Alberta se extraño por la pregunta, esperaba una propuesta indecorosa del hombre y le salió interesado en uno de sus niños. - Sólo porque se trata de ti, te lo diré; lo dejaron abandonado en una iglesia, sí. Pero fue aquí mismo, en este pueblo El Sauce, en la Parroquia San Antonio de Padua, en la mera pila donde bautizan a los muchachitos de este pueblucho, donde tú, ya sabes. La madre de él murió y quien abandonó al niño dejó un papel con un solo dato.

Severiano abrió esos ojos de ambición ante el comentario de su amante. - ¿Cuál es ese dato?

- Su nombre y apellido nada más.

Severiano sabía que tenía que tocar más libertinamente a la malvada bruja, para conseguir sacarle hasta la última letra de la información que ella conocía del niño. El hombre le dijo; - Sabía que podía contar contigo amorcito, gracias por la información, me es muy importante, pero mejor le encargo que piense en nuestra boda... ¡Ya regreso! ¡Pronto!

Severiano se llevó al niño, llegaron a otro presidio peor que el de Alberta, condujo al niño por todo el orfanato para que lo conociera; mientras los demás niños y niñas lo observaban y lo veían como especie rara, y no faltaban las que se mordían los labios, porque el chico ya estaba en edad de amores juveniles.

- Hoy estás en otro orfanato donde te ganarás tu vida solo, saldrás a la calle y trabajarás en lo que sea; por último hasta puedes robar. Ahora vete al coro con el maestro Marvin; él les dará la clase, es el nuevo maestro. – Dijo Severiano, mientras veía al chico como un jugoso negocio que un extraño le estaba ofreciendo.

Y Gerson respondió - ¡Sí, señor! – decía el chico mientras se marchaba al salón donde recibiría clases para ser un hombre de bien.

Ciudad de San Miguel, Mansión Díaz de León:

Sonia junto a su hija conversaban mientras hacían los quehaceres de la cocina, de pronto la madre le dijo; - Mi amor, hija.

Kassandra, que barría el piso, se detiene, voltea a ver a su madre, respondiéndole. - Sí mami, dime.

- Tú tienes dos medios hermanos, uno se llama Gerson y del otro lo único que sé es que es un año mayor que tú.

- ¿Tú te metiste con un hombre doblemente casado mamá? – Sorprendida, fue e interrogó a su madre, aquella joven.

- Hija, tu padre me dijo que era soltero; por eso yo me fui con él, me engañó como a una 'boba'.

- Si, te entiendo mamita, sé que tú no querías eso, pero de todas formas gracias por ser mi mamá y por darme la vida. – A esta madre e hija las unía el amor armonioso que se tenían, y con un reconfortante abrazo se apoyaban mutuamente.

Mártir inicia su cacería.

Un joven de tan solo dieciséis años de edad y con el alma llena de rencor por culpa de su madre, emprende una larga cacería humana contra su propia sangre, al buscar a sus medios hermanos; a quienes quiere destruir a toda costa. Él llega hasta el orfanato donde conoce a Gerson; desde ese momento se encarga de destruir cada paso del chico. Para conseguirlo contrata a varios personajes que le ayudarán en su propósito, entre ellos *a Severiano, Bartolo y Leo*. Bartolo ha sido la mano derecha de Severiano y ahora Leo es el segundo después de

Bartolo. La idea de Mártir es que en el orfanato corrompan a Gerson para convertirlo en un delincuente.

Segundo Orfanato de El Sauce:

Un maestro de canto que a pesar de parecer gruñón, es un buen hombre, el único que sí quiere a los niños en el orfanato: ese es Marvin.

Salón de canto.

Marvin, un hombre no muy alto, de aspecto gruñón. - A ver muchachito, cántate una canción pero pronto, apresúrate, tonto.

- Si así tratan a los recién llegados, no quiero saber cómo tratan a los viejos acá. – Agregó irónicamente Gerson, mientras los demás se carcajeaban.

- ¿Viejo yo? Respeta a tu maestro.

- Perdón. No quise ser grosero; me refería a otra cosa.

- Ya, muchachito hablador. ¿Te vas a quedar ahí parado todo el día?

- Está bien, que no se diga más.

- Deja de responder y, canta ya.

- Sí, adelante, la que se me viene al recuerdo es "Casas de Cartón". Es la única que nos aprendimos en el otro orfanato.

- ¿Por qué no se presentó la niña Maklin?

- Porque no le dio la gana. – Dijo Marina, una de las chiquillas más alocadas y bastante arrogante del salón.

Por su puesto, el veneno no actuaba solo, Raquel, otra de las envidiosas, que cuando alguien no les era de su agrado decían y hacían cualquier cosa en contra. Y ella dijo; - Ay sí, profe precioso. Es que esa es toda tonta, chiflada del coco, le patina por ratos; ya sabe los marimachos como son.

- ¡Silencio, por favor! ¡Cállense hijos de San Antonio Bendito! Vamos a escuchar al nuevo. – El maestro parecía gruñón; pero jamás les había levantado la mano a sus alumnos, los quería mucho.

Así empezó Gerson —con la ayuda del piano— a cantar las 'Casas de Cartón'.

Y todos en el salón aplaudieron a Gerson, a quien le comenzaron a llover las malas caras sin razón alguna. Pero por motivos de dinero Severiano, Bartolo y Leo hacen cualquier cosa por dañar a Gerson.

Bartolo, era un infiltrado en el salón de clases, había sido enviado para destruir la pacifica vida que Gerson tuviese, a cualquier precio querían la desdicha para la vida del chico, hasta el punto de orillarlo a ir contra su vida, y el malvado Bartolo dijo un comentario poco interesante. - Llegó un nuevo pollito, ¡no! ¡Jajajá! ¡Aquí muchachito, el que da las órdenes soy yo! ¿Estamos? Me obedecerás, o de lo contrario te castigaré como lo que eres: un pobre huérfano,

¡bastardo! –Sonó y, los estudiantes recibieron unos cortos minutos de recreo.

Mientras Severiano fue al patio a traer a Gerson para mostrarle donde iba a dormir, lo condujo por unas escaleras. Pasaron un corredor con las paredes desgastadas por el tiempo, peor que las del otro orfanato.

- A partir de ahora obedecerás a Bartolo y a Leo, ellos te enseñarán como se vive aquí. ¡Ah! Te aconsejo que no los hagas enojar —en especial a Bartolo— ya que son un poco crueles si les desobedecen. ¿Comprendes muchachito? Te levantarás a las cinco de la mañana como los demás y comenzarás a jalar leña para cargar en los camiones, las clases serán por las tardes, después de las cinco, durante cuatro horas y se da una materia por día. ¿Entendido? No se exige lo que no se puede tener, hay que aprender aceptar lo que tenemos y vivir con lo que podamos, si gustas una vida mas cómoda, haz cosas fáciles como; robar, traficar, cualquier cosa que sea delinquir, te dará fácil dinero.

- Y la hora de la comida, ¿a qué hora es? –Preguntó Gerson, mientras era visto con unos ojos de fusilamiento.

- Escucharás los llamados.

- Gracias, señor.

- Llámame simplemente Severiano, no me gusta eso de señor, el que gobierna arriba es el verdadero Señor. – Severiano se marchó del cuartito, realmente era triste ver donde habitaría esa pobre alma de Dios, solamente había una pequeña silla de madera, y una camita dura, porque eran puras tablas, a la pared colgaba una un cruz, viendo el rostro del sufrido Señor del cielo, Gerson, dijo que más había sufrido *Él*, y todo lo había soportado.

Después de unos días por el orfanato, Severiano no pudo negar que el chico tenía el talento de ganarse a la gente, él era un buen cuenta chistes, a todos los mantenía entretenidos, hasta los odiosos de Bartolo y sus amigos, disfrutaban los chistes. Aunque incrementaron las sorpresas, cuando Gerson comenzó por hacer una mesa para su cuarto, y una silla nueva, en cuestión de un mes, no había descansado mucho, pues a todos les hizo una mesa y una silla nueva, no cabía duda que Dios le dio el oficio de carpintero, y entre esas noches que se desvelaba en el viejo taller de carpintería, a través de una ventana, veía una virginal imagen que salía siempre a la media noche a ver la luna, era una linda joven vestida de negro, con un velo puesto, en su vida y vestir no había otro color, era como si esta doncella pidiese al poder de los astros que le dieran libertad a su sola alma, lucía un hermoso vestido, de haberla visto a la cara, de seguro que el chico se enamora de ella, mientras tanto, en un mes Gerson logró finalizar las mesas y sillas de los cuartos de todos, e hizo una mesa de comedor para la cocina.

Llegó el momento en que Gerson deje su soledad en manos del amor y es que ahora conocerá a la que le robará su corazón y sus lágrimas. Era la hora de la cena, alguien sonó algo como una campana y todos los chicos y chicas bajaban corriendo las escaleras; al parecer, ¡sí que tenían hambre! Para Gerson fue un momento glorioso cuando llegó hasta la 'mesota', donde todos tenían un lugar ya específico. De momento se sintió mal, pues nadie le ofrecía un lugar. Quiso arrinconarse en una esquina cuando una dulce vocecita le dijo: Puse tu comida en la mesa y tu silla es esa que está junto a la mía. Me llamo Maklin Lisbeth y hoy me correspondió ayudar en la cocina, así que esa comida tiene un poquito de mí, y estás a la cabecera de la mesa, como un grande. - Se sonreía Maklin, mientras el chico giraba su mirada, momento en el que el amor entró por los ojos, era lindo como se miraban, era inexplicable, como lo es el amor.

Como todo un juego de niños, empezaron a escucharse vocecillas que decían en canto - A Maklin le gusta el nuevo. Maklin ya tiene novio. - Y por supuesto no podían faltar aquellas dos niñas que siempre tenían algo que decir contra Maklin y se pusieron tras de ella, como las pequeñas villanas que eran (Raquel y Marina).

Marina se mostraba más que envidiosa, celosa de la bella Maklin. - Jamás le gustaría ese chico, pues ella es del otro equipo. – Dijo Marina riéndose; pero molesta y ayudada por el tóxico de su amiga Raquel.

- Sí, además ese chico se fijaría en unas como nosotras que sí parecemos niñas y no en esa que hasta pega más duro que cualquier otro chico. ¡Jajá! — Añadió la otra, juntas como uña y mugre.

Bueno, terminaron de cenar y había que lavar los platos y todo lo que estaba sucio en la cocina, así que Maklin dijo; - Yo cociné. ¿Quién lavará los platos? Todos los chicos se miraron tramposamente, que de un pronto a otro corrieron como si hubieran visto un espanto, el comedor quedó solitario, entonces Gerson le dijo a Maklin - ¡Yo te ayudaré! - Recogieron todo y fueron a la cocina, donde Gerson añadió — He de construir un mueble para que organices las ollas y los platos por separado. — A lo que Maklin también dijo; - Y yo bordaré una preciosa manta para la mesa que vi que hiciste, así como me ves salir de noche, vestida de negro con el velo en mi cabeza, así también te veía ocultamente, trabajando arduamente.

De repente la preciosa doncella, lloraba, el chico tristemente, la vio a la cara, sujetó sus manos, luego le acarició el rostro y le dijo;- ¿Por qué lloras?

- Porque a veces me siento como una cenicienta.— Dijo ella, mientras los dos ríen y lagrimean. Y él, como un caballero a la antigua le dijo — No te sientes, eres una princesa, somos tan importante para su majestad el Señor del cielo, que nos resbale todo lo malo que vivamos. Total, seamos felices con los contados momentos que tengamos, así que desde hoy, soy tu príncipe y tu mi cenicienta, no, tú no eres cenicienta, tú eres mi propia princesa, la princesa valiente, la fuerte. — Sin darse cuenta a qué horas, Maklin estaba en los brazos de aquel joven, he ahí se les podía ver de pie frente al enorme lugar lleno de platos por lavar; pero no cabía duda que él era un caballero, se veían como un par de príncipes abrazados, diciéndose que todo estaría, y marcharía bien en la vida.

- Hola, soy Maklin Lisbeth Fuentes, ¿y tú, quién eres? – Dijo Maklin, al soltarse del abrazo, con el rostro feliz, y con la piel casi de gallina, porque se sentía enamorada.

Y él dijo; - Soy Gerson Leonel García, de cariño me dicen el gato, es que me defiendo muy bien. ¡Jajajá!

- ¡A jajajá! Qué gracioso. No me reía así en años. –Momento en el que Gerson dijo – Como quisiera ser fotógrafo o pintor para grabar esa sonrisa en una obra de arte; pero para que serlo, si tendré muchas de esas sonrisas para mí. – Dijo aquel feliz chico.

Así fue como Gerson y Maklin empezaron algo especial, parecía que cupido los había flechado a tan corta edad. Gerson le dijo a Maklin que de ahora en adelante él la defendería de todo y contra lo que fuera, que ya no estaría sola, jamás.

Ciudad de San Miguel.

Para Mártir las cosas parecían ir muy bien, tanto así que hoy conocería a la mujer de su vida. El destino a veces nos pone trampas. Cuando creemos que lo sabemos todo y lo controlamos todo, nos damos cuenta que no somos nada, que nuestra estancia en este mundo es solamente un paso. Hoy estamos y, mañana sólo Dios lo sabe. No somos quien para controlar la vida de otros y que otros no pueden ni deben controlar la nuestra.

Kassandra salía de un almacén, traía en sus manos una aplicación de trabajo, la cual leía con avidez. Sin darse cuenta tropezó con Mártir, las miradas dictaron el inicio de un destino en cadena.

- Disculpe, no fue mi intención. Dijo Kassandra asustadiza, mientras aquel hombre; apuesto, robusto, robó su atención, sin darlo a demostrar, él también se flechó.

- ¿Pero de dónde cayó este ángel? ¿O es que andas de paseo por esta tierra? ¡O es que Dios están haciendo limpieza de ángeles y los está enviando a la tierra! – He ahí otro caballero, tal cual como era Gerson, de tal palo tal astilla, el padre de ambos fue un caballero, claro que con sus errores.

- Ay, qué pena con usted joven. Es que venía distraída.

- Daría lo que fuera por tropezarme contigo el resto de mi vida. ¿Me acepta un café, señorita?

- Sí, pero si me permites pagarlo. Es que me da pena ese gran golpe que le di.

- Golpe me daría si me priva de volverla a ver, y perdona mi atrevimiento, pero, ¿tiene nombre este ángel?

- Kassandra Estrella Díaz de León.

- Yo soy, Mártir Lorenzo Pérez.

Mártir y Kassandra se enamoraron a primera vista. Por un momento Mártir olvidó todo rencor y odio, se dedicó a sonreír mientras conversaba con quien sería el amor de su vida. Para entonces él había tomado la decisión de no utilizar el apellido de su padre, por no levantar sospecha alguna, mientras lograba su venganza, así era como usaba el segundo apellido de su difunta madre.

Ciudad de San Miguel:

Joaquín regresa de su viaje en busca de Milvia —abuela de Gerson— y al no encontrar suficiente información decide irse al pueblo de origen, del niño.

En el segundo Orfanato.

Unos pasos se escucharon en la habitación de Maklin; es que Gerson la visitaba por las noches antes de ir a dormir. Se divertían contándose sus sueños e ilusiones y planeaban una vida muy bonita, juntos. Ella le cocía la ropa, y esta noche le obsequió un traje que le confeccionó a mano, ellos eran personas que tenían la mentalidad de salir adelante honradamente. Marina abrió la puerta lenta y cuidadosamente, vio a Gerson con Maklin y dijo en mente: "¡Wow! ¡Qué guapo! Pero ya está la resbalosa de Maklin junto a él, ¡ese bomboncito lindo tiene y debe ser mío! Lo tengo que estrenar yo, ¡Ay, Dios mío! Se está desnudando. ¡Oh, Dios mío! Qué suerte tiene una lesbiana". —

Realmente Gerson se probaba el regalo que le obsequió Maklin, quien también al verle su ropa interior descocida, le dijo que cuanto antes pudiera, le trajera la ropa sucia para lavársela y remendarle sus interiores, mas   adelante Gerson y Maklin se procuraban, tanto así que él le había hecho un sencillo tocador para que ella guardase su ropa, y no la tuviese doblada sobre la mesa.

Marina bajó las escaleras muy de prisa, se dirigió a la recámara del señor Severiano y tocó la puerta deliberadamente.

Severiano enfadado despertó, gritando. -¿Quién?

- Yo, señor Marino. Perdón señor. Quise decir Marina. -- Respondía la chica estando en el pasillo, esperando a que el viejo abriese la puerta.

- ¿Qué quieres hija del demonio?

- Es que Maklin está con el niño nuevo, es horrible, él se desnudó, eso es una conducta inmoral. – Dijo Marina, muy enfadada; pero a la vez contenta, asegurando que castigarían a Maklin.

- ¿Qué dices? ¡Maldita tonta! – Se levantó de prisa, con toda la prisa posible.

- Lo que escuchó, señor. – Pelaba aquellos ojos de satisfacción al haber llamado la atención del director.

Marina y Severiano subieron las escaleras juntos, inmediatamente llegaron a la habitación de Maklin:

Severiano, abrió la puerta encontrándose a Gerson sentado en la silla de madera y a Maklin en su cama remendando un pantalón del chico. - Vengan para acá los tres. ¿Por qué están despiertos a estas horas de la noche?

- ¡Perdón! Dijo la tonta de Marina, olvidó lo que dicen; que el que anda entre la miel, algo se le pega.

- ¿Qué? – Volteó a ver la tonta, la mal obradora chica, qué de inmediato le tuvo miedo al hombre.

- Oí que usted dijo tres, señor. – Severiano dirigió su mirada hacia los tres y respondió. – Sí, eso dije, tres, ¿no escuchas bien, eres o te haces?

- Nada, señor; sólo preguntaba. Dijo la tonta malvada, temblando ante aquel hombre, mientras los otros dos chicos, estaban relajados, estaban acostumbrados a las injusticias del humano, nada les sorprendía.

- No tienes porqué cuestionarme bastarda, recogida, así que los tres sin cuchicheos vengan conmigo, acompáñenme. – Por mal obrar, mal le fue a Marina, que hasta llorando terminó, y compartiendo el castigo.

Los chicos fueron llevados a un cuarto, al cual ellos llamaban "zona negra", lugar al que los enviaba como castigo; era un lugar hecho con objetos y cosas de espantos.

*Severiano decidió levantarles el castigo y dijo:
-"Este niño 'el tal Gerson' tiene que trabajar hoy
mismo y ustedes a los quehaceres del orfanato; hoy
lavarán las alfombras". Y así fue, a Gerson lo enviaron
a descargar el camión del patio y desde la segunda
planta Severiano, Bartolo y Leo observaban al niño
llorando y descargando aquel camión repleto de
alimentos y toda clase de carga que les llegaba al
orfanato. Pronto Severiano recibe una llamada
telefónica; se trataba de Mártir.*

*- ¿Cómo vamos con nuestro trato? Dijo Mártir,
mientras se encontraba observando la fisionomía de
un río, parado en un puente, desde donde apreciaba la
belleza del verde que rodeaba el río.*

*Severiano, contestaba con mucho interés,
siempre que se tratase de dinero, a él le reflejaba
hasta el símbolo monetario en sus ojos. - Muy bien
joven Mártir; todo está tal cual lo negociamos.*

- Eso espero, no me gustan los errores.

*Enseguida Severiano mandó a llamar a Bartolo,
comenzaría la maldad y la crueldad a dominar contra
la vida de un inocente que desconoce su triste destino.*

*Severiano dio sus últimas sugerencias a
Bartolo, diciéndole. - Mira hijo, has bien tu trabajo;
maltrata a ese muchachito que para eso recibimos un
buen dinero.*

*- ¿No has pensado cuál será el interés de ese
tal Mártir, por arruinar la vida de un pobre huérfano?*

– Cuestionó Bartolo a su jefe, y es que eso traería una cadena de intereses y ambiciones.

Algo más debe de haber detrás de todo eso, decía Bartolo a su jefe Severiano, quien añadió; - No está de más averiguarlo, pero mientras lo hacemos habrá que seguir como hasta ahora. ¡Pobre muchachito, ese tal Gerson! Tan buen chico que es, me asombró con lo mucho que trabajo en la carpintería, para su edad, trabajó bastante, aunque durante el día recibió ayuda de algunos otros bastardos; pero de noche trabajó arduo, me cambió hasta el escritorio y la librera vieja que tenía en mi oficina. Pobre, está pagando pecados ajenos.

Bartolo insultaba al chico y le exigía hacer su trabajo más rápido, cosa que no hacía con los otros chicos. Para Gerson era muy difícil estar en ese lugar, ya que Bartolo y Leo le repetían constantemente que él era un pobre huérfano y que si quería vivir mejor, tendría qué hacer cosas delincuenciales. En numerosas ocasiones lo golpeaban y lo castigaban encerrándolo en la "zona negra". A Gerson involuntariamente, Alberta le inculcó la lectura, y nada había leído más que la 'Santa Biblia', y sabía que no debía responder con agresiones a los necios, sino tener paciencia y esperar la santa justicia divina.

Ciudad de San Miguel:

Llega un segundo encuentro entre Kassandra y Mártir, que será crucial en su relación. Mártir había invitado a Kassandra al cine y después la llevaría a tomar un café.

Kassandra, tan bella como suave, enloquecía al misterioso hombre. Ella saludó. - ¡Hola! ¿Llegué tarde?

Mártir, gran caballero, modesto cuando se lo proponía, adulador de primera, dijo; - Tú siempre a la hora perfecta bonita, por eso eres perfecta. – Caballerosamente recibió a la dama con un beso en las manos, movió la silla para que ella tomara asiento, pidió dos tazas; una jarra de café, acompañados de unos ricos tamales de elote (tamales de maíz verde).

- Dime, ¿para qué soy buena? ¡Jaja! Preguntó ella con una sonrisa, donde se mostraba sentirse feliz con la compañía de este hombre joven.

- Mira, tú me gustas mucho, y mucho nena, tenemos bastante en común y además te extraño mucho cuando no estás conmigo.

- Mártir, yo ya estoy enamorada. El había sujetado las manos de la hermosa doncella, quien lo vio a los ojos, siendo correspondida de igual forma, sintiéndose haber llegado tarde a su vida, Mártir le dijo; - Lo siento, yo sí llegué tarde, nunca pensé que ya tuvieras novio. Contestó desilusionado, viendo como aquella hermosa sonreía irónicamente.

- ¡No, tonto! Yo te amo a ti, te amo desde aquella vez que chocamos, mejor dicho, que choqué contigo. Desde esa vez del café ya ansiaba verte porque te amo; fue amor a primera vista, y esos mensajes de texto, todos románticos me tienen como cabra loca, loca de amor por ti.

Mártir felizmente añadió; - Tenemos demasiado tiempo para tratarnos, porque yo tampoco he dejado de pensar en ti. Comienza la etapa del amor, la hora de que se siembre una buena semilla, ¿será que en Mártir podrá nacer el amor, o crees qué es como una tierra no fértil?

Pueblo El Sauce:

Segundo Orfanato

Hoy como todos los días Gerson se había levantado temprano y sin desayunar se fue al patio para empezar su trabajo. Cuando los otros chicos fueron a la 'mesota' por el desayuno, —que no era gran cosa— al ver que él estaba en el patio trabajando Maklin tomó su platito y su vasito, y se dirigió hacia él para que desayunara.

Maklin, era atenta, amable, tantas características, había hecho que ese chico poco guapo, se enamorase de ella, sólo los verdaderos corazones puros sabían ver la pureza y belleza de sus almas. Ella se presentó frente a él, con un platito de delicioso desayuno. - Gerson, aquí está tu comidita. Dijo aquella angelical voz, esa voz que hacía que los ojos del chico brillasen y su corazón a un saltase más de sólo ver ese bello y virginal reflejo de rosa en medio de un desierto, por esa soledad que los carcomía en ese malicioso orfanato.

Gerson, con esos ojos de amor, con esa educación, cortejó a la bella, con hermosas palabras. - ¡Qué linda! Cuando seamos grandes serás una buena esposa. Dijo él, mientras ella sonrojaba, tratando de ver para otro lado.

Estaban muy alegres sonriendo, cuando desde la sala de comedor los vio Severiano.

Severiano, furioso se puso en pie, dejó su desayuno y dijo - ¿Qué hace esa muchachita allá afuera?

Marina, como toda una arpía atacó. - Como Gerson no se esperó al desayuno, ella decidió llevárselo.

Y para ponerle sabor al caldo del mal, Raquel se entrometió diciendo; - Sí, a esa se le olvida que todos somos iguales aquí. Mírela, haciéndole privilegios a ese mugroso recién llegado.

Leo —que estaba desayunando en la comida de los niños— aprovechó la ocasión para molestar al chico. Enseguida corrió al patio, se dirigió hasta él y le tumbó su comida. - ¿Qué haces mugroso? ¿Quién te crees para recibir tratos especiales? Ni que fueras un príncipe azul.

- No, señor Leo, fui yo quien decidió traerle el desayuno, pensé que era bueno para que no se atrasara con el trabajo. Dijo aquella preciosa chica viendo compasivamente al malvado.

- ¡Con qué esas tenemos! Serán castigados los dos y, cuando quieras comer, lo harás como todos los demás, en la mesa y a su tiempo. ¿Entendido? - Las órdenes del director fueron cumplidas, y más crueles que nunca.

Así fueron llevados otra vez a la "zona negra" ahí permanecieron el resto del día, sin probar bocado.

Gerson intentaba ser fuerte; pero había veces que las injusticias lo debilitaban espiritualmente, más que físicamente. – Maklin, ¿por qué nos tratan de esa manera? Yo veo que a los otros chicos no les hacen lo mismo; ahora tú también sufres por mi culpa. Se expresaba, mientras lloraba en los brazos de la bella.

- Mira, te prometo que un día seremos muy felices, y no me importa sufrir si es a tu lado. Un día no abriremos puertas, se nos abrirán puertas, seremos libres, podremos buscar felicidad, iremos juntos hasta la muerte si es necesario, si tú estás, yo estoy, si tú eres fuerte, yo soy fuerte, tú eres ahora mi fuerza. Si yo me pusiera a cuestionarme el porqué de cada cosa, no terminaría nunca, porque en esta vida hay cosas que sencillamente nunca tendrán explicaciones, y si las hay, no lo sabremos hasta cuando estemos preparados para saberlo, ánimo, tú eres mi fuerza, y yo tu fuerza, esta mujer que siempre viste de negro, ha tomado color espiritual desde tu llegada. Decía Maklin, derramando lágrimas, mientras él dijo, viéndola a los ojos; - Contigo fuerte y a dónde sea voy, sin ti a ningún lugar, ¡juntos por siempre! – Parecía ser que estaba formándose una promesa de vida.

Gerson, no podía dejar de sentirse mal, y cuestionarse el porqué de tanta crueldad. - ¿Pero, por qué a mí? No entiendo el porqué de tantos golpes y malos tratos, siempre intento hacerlo todo bien, para no provocar enojos de nadie pero de nada me sirve. - Ella lo abraza fuertemente, acariciaba su espalda, se gustaban más de lo que pensaban, que por el mismo hecho se apoyaban y se protegerían el uno al otro.

Era un hecho, esa unión que parecía infantil se hacía más y más fuerte cada día. Estaban tan unidos que hasta los castigos los recibían juntos. El estar juntos les permitía conocerse más, compartir deseos, hacerse promesas e ilusiones de un futuro libre.

Llegó la noche y los chicos fueron liberados, salieron del cuarto y decían tener hambre; por lo que fueron a la cocina.

La cocinera —que ya estaba por salir— les preguntó. - ¿Qué quieren? Ya terminé mi jornada. – Se expresaba aquella mujer con cara de limón, muy amarga.

Gerson, trató de conseguir algo para ella, aunque no fuese para él, prefería que la chica se alimentara, él ya estaba acostumbrado a pasar hambre. - ¿Tienes todavía algo de lo que fue la cena?

- Tú debes de estar durmiendo, ¿o es qué te gustan los problemas? – dijo aquella desdichada mujer sin importarle escuchar el rugir del estomago del chico.

- No podemos dormir, tenemos hambre, ¿sobró algo? –Maklin estaba en un pasillo esperando a su inseparable nuevo amigo.

La cocinera con gestos irónicos crueles dijo – Mira, ¿crees que este es el palacio del rey de España? ¡No verdad! Estoy harta de ustedes, de no haber sido por la policía, no estuviese aquí cumpliendo estúpidas labores sociales.

Entonces, se presentó Maklin, quien aludió - No señora, pero yo puedo preparar algo de comer y le prometemos que nos marcharemos.

Sin darle más explicaciones aquella cocinera levantó un sartén y comenzó a formar tal escándalo, que pronto los pasillos de la cocina se llenaron de gente. Severiano fue a ver qué pasaba y castigó a los muchachos enviándolos a la cama sin probar bocado alguno.

Al día siguiente los chicos se reunieron para planear como vengarse de Severiano y sus secuaces; por el maltrato que le daban a Gerson, pues la mayoría de ellos estaban muy agradecidos por los gestos nobles de que el nuevo chico les había dado, una silla, una mesa y un pequeño guarda ropa a cada uno, entonces querían devolver ese gesto con unión.

Los niños comenzaron a planearlo todo - Esta cáscara de banana, ¿Cómo? Pongámosla por donde él pase y se resbale, yyy… ¡Boom! …al suelo, el viejo gordo mantecoso.

Así fue. El plan se puso en marcha y todos se escondieron, dejando la cáscara de banana tiradas en el suelo. De pronto el viejo se apareció, parándose sobre las cáscaras; y resbalando en forma muy graciosa, fue a dar con la librera que le cayó encima, pero fueron descubiertos, ya que no pudieron contener su risa.

Severiano que los miró, iracundo a gritos preguntaba. - ¿Quién de ustedes hizo esto? -- Todos guardaron silencio. Fueron castigados, puestos a lavar los baños sucios de todo el orfanato.

Europa.

Blas y Milvia han recibido noticias de parte del investigador.

Milvia, pregunta a su esposo. – Amor, ¿has recibido noticias de nuestra hija?

Blas, niega haberlas recibido; pero sabe que esa mentira no puede y no debe tener patas largas. - Todavía no, mi vida. – Le respondía mirándola compasivamente, olvidándose que es mejor una verdad dolorosa que una mentira larga, que será peor.

Blas suspira, gira su mirada, lágrimas corren por sus mejías, mientras piensa en mente. - "Si supieras amor, que nuestra hija murió y que tuvo un hijo. Es a él al que hoy le seguimos la pista en el pueblo".

Milvia, pidió a su esposo solo sinceridad. - Una sola cosa ayudaría a mi salud, y es saber de mi hija. Si está viva o muerta. Sólo quiero eso, sinceridad esposo, mío.

Blas, en lugar de decir la verdad, alegro la vida de su mujer al darle una buena nueva. - Mi amor el investigador nos informó que nuestra hija nos hizo abuelos, tuvo un hijo. – La esposa se puso feliz que de inmediato replicó; - También debemos buscar a nuestro nieto.

El Salvador.

Departamento de San Miguel, ciudad San Miguel:

Sonia interroga a su hija para saber quién es el novio y cuál es el origen del muchacho. Teme a que su hija vaya a enamorarse de uno de sus propios hermanos.

Sonia estaba podando el jardín, su madre abonaba las plantas. La madre preguntaba. - ¿Cómo se llama tu novio, hija mía?

- Se llama Mártir, es ese el nombre, mamita.

- Lo tienes que invitar a comer en nuestra casa, para que yo lo conozca.

- Sí mamá, como tú digas.

El Sauce. Segundo Orfanato.

Gerson y Maklin elaboran un plan de fuga, ahora será más difícil para que Joaquín y Pedro den con él.

Gerson y Maklin les hablaban de su plan a otros chicos, sin sospechar que *Marina estaba escuchándolo todo.*

Marina en lugar de apoyar ante las injusticias, parecía masoquista a la desdicha. Sin piedad, se expresaba así misma. — "No se van a escapar, de eso me encargó yo", pensaba, mientras *corría hacia la habitación de Severiano para informarle sobre los planes de Gerson y Maklin. Felipín, quien andaba por la cocina, escuchó a la chismosa y de inmediato informó a los demás; una vez más pusieron en marcha sus infantiles bromas para distraer al malvado Severiano. Claro, después se las cobrarían a Marina, de eso estaban seguros. Había llegado la hora de volar en busca del destino.*

Felipín se presentó ante sus amigos Gerson y Maklin, les contó lo escuchado de la boca de Marina, diciéndoles que debía apresurar sus planes. - ¡Gerson y Maklin, ¡váyanse pronto! De lo contrario no saldrán y los mantendrán vigilados las veinticuatro horas del día.

Gerson y Maklin, viéndose a los ojos se dieron un sí, y agradecieron a Felipín. - Gracias, nos veremos. Nunca nos olvidaremos de ustedes, prometido.

- Herbert y yo ataremos a Marina para que no joda más. Dijo Felipín, mientras les dio un abrazo a sus amigos.

Herbert admirado, añadió - ¿Yo, contigo?

Felipín siguió comentando de lo que estaban haciendo para frustrar la llegada del director a la habitación de Gerson. - Sí. Magdalena y Gilberto llevarán canicas y las tirarán al piso por donde puedan; Severiano no se fijará, las pisará y se caerá.

El plan salió a la perfección; Gerson y Maklin bajaron las escaleras que los conducían al sótano, Gerson tomó un martillo y quebró los cristales de una ventana por donde salieron, como aves a las que se les abre la puerta de una jaula, así se liberaron de la crueldad Gerson y Maklin, sin pensar que esto apenas comenzaría.

Europa:

Para Milvia fue un golpe muy fuerte cuando su esposo le confirmó sobre la muerte de su hija, sentía desgarrarse por los remordimientos, pues en realidad nunca fue una buena madre. El investigador los llamó y les dijo que su nieto estaba en un orfanato, que para reclamarlo deberían regresar a ese lugar.

Blas, comentó algo sobre su nieto. - Mañana mismo nos regresamos, ¿sabes algo de Carlota? ¿Aún vive en la mansión?

El investigador Pedro, dijo telefónicamente no saber nada. - No señor, parece que se la tragó la tierra.

El Sauce, Segundo Orfanato.

Mientras Gerson y Maklin huían.

Gerson y su inseparable amiga caminaban, mientras conversaban. – Maklin, ¿y tu madre, qué hay de ella? – Preguntó el chico, a lo que ella respondió. - Por lo que me dijeron, sé que murió y dicen que tengo unos familiares; pero ni idea de eso. A veces siento que hay otra parte de mí en algún lugar. Como un alma gemela.

- ¿Por qué dices eso? – Preguntó Gerson. A lo que ella contestó. - No lo sé, sólo lo siento; pero bueno… ¿cómo le haremos para viajar si no conocemos el camino?

Ellos corrían río arriba buscando una salida. Ya cerca de llegar al pueblo apareció un chico como de *su misma edad de nombre Rey, era éste el pasaporte a una ciudad.*

- ¿Quiénes son ustedes? Jamás los había visto por aquí. – Los cuestionó Rey, a lo que pronto Gerson respondió. - Ella es Maklin y yo *Gerson*; andamos en busca de nuestros familiares.

Y Maklin dijo - Ahora tenemos otro problema.

- ¿Qué problema? – Preguntó Rey, mientras Maklin, viendo a su amigo Gerson, dijo; - No tenemos dinero ni conocemos el lugar en donde estamos.

Rey graciosamente movía sus manos, mientras hablaba. - Déjenme adivinar, ¿quieren un lugar donde estar mientras encuentran a sus familiares?

- Sí, necesitamos escondernos por un tiempo. – Añadió el chico, mientas sujetaba la mano de la chica, dándole a demostrar al nuevo, que ella era como propiedad de él.

Ciudad de San Miguel.

Por la noche y guiados por Rey, después de casi un día entero de viaje de aventón en aventón, lograron llegar hasta la ciudad de San Miguel, fueron a un enorme centro comercial donde las puertas se abrían solas, a lo que Gerson le dijo a ella; - "Recuerda que un día le dije que íbamos a ser tan importantes; que las puertas se abrirían solas, para nosotros", ella sonrió muy feliz. Más tarde, Rey los llevó a casa de su jefe a quien le decían 'Siete Lenguas'; éste era un malvado hombre que tenía en su casa a una gran cantidad de chicos y a cambio de techo y, comida los obligaba a robar.

Casa de 'Siete Lenguas'.

- Miren, aquí es donde vivo; no es un palacio pero tenemos techo y comida. – señaló Rey, mientras le decía; - Espérenme, déjenme hablar con mi jefe y convencerlo para que se puedan quedar por un tiempo.

'Siete lenguas', se encontraba recostado en la cama, con una mujer, al escuchar los tres toques de señal en la puerta, gritó. - ¿Quién molesta en mi puerta?

Rey, con tono bajo y temeroso, añadió; - Soy yo, Rey.

Después de unos instantes, el hombre respondió: -Pasa y dime qué quieres; pero rápido qué estoy muy ocupado.

- Jefe, traigo a dos chicos que encontré muy lejos de aquí, no tienen familia y creí que serían buenos para el trabajo —al menos el chico— la chica puede ayudar en la casona. Dijo Rey, mientras aquel hombre que estaba en ropa interior, se puso de pie, y viendo atreves de las persianas de su ventana, alcanzó mirar a los chicos mencionados por Rey. 'Siete Lenguas', no era un hombre mayor, ni muy joven, era muy atractivo, no parecía que fuese el rufián que realmente era.

'Siete lenguas', mientras veía a Rey, añadió - Hazlos pasar, concederé una entrevista corta, tengo visita conyugal, está por ahora en el tocador, haciendo cosas de mujeres. Pásalos púes, que sea para ayer.

Rey salió de la habitación, 'Siete Lenguas', se puso el pantalón, se quedó sin camisa, mientras Rey bajó de inmediato las escaleras y advirtió a los muchachos que su jefe quería conocerlos.

Rey excitado añadió. - Él es 'Siete Lenguas' mi jefe. Lo señaló mientras lo veía bajar, el hombre no quitaba la vista de la joven Maklin, sentía que a alguien le recordaba.

'Siete Lengua's, se dirigió a ellos. - Y díganme chicos, ¿quiénes son ustedes? – Hablaba interrogando, mientras no quitaba su mirada de Maklin, tal vez los chicos ahora lo veían como aun jayán pervertido.

Gerson de inmediato contestó - Me llamo Gerson Leonel García.

Maklin de inmediato usó sus palabras para presentarse – Yo, señor, yo soy Maklin Lisbeth Fuentes.

'Siete Lenguas' dijo en mente - ¡Tienen apellidos! ¡Sus voces son...! – Algo sabía 'Siete Lenguas', algo que no quería se supiese.

El Sr. 'Siete Lenguas' exclamó. - Bien, díganme, ¿dónde están sus padres?

Gerson respondió – Señor, somos huérfanos.

'Siete Lenguas': - ¿Dónde vivían? ¿En la calle?

Maklin contestó - No señor, vivíamos en un orfanato; pero lejos de aquí en un pueblo que se llama El Sauce.

Rey pidió una oportunidad para ellos - Jefe, permítales quedarse un tiempo.

- A ver, ¿por qué abandonaron ese que era su hogar? – Preguntó 'Siete Lenguas', cosa a la que el chico dijo; - Porque allá nos maltrataban cruelmente.

'Siete Lenguas' piensa silenciosamente otra vez - ¡Perfecto! Tal y como los que yo recluto, sin nadie que los defienda; porque problemas jamás, no los necesito. ¡Jajajá! "Pero esa niña es igualita". – Decía en su mente aquel hombre, mientras su mirada se perdía profundamente en la chica.

'Siete Lenguas' sorprendió al permitir la estadía de los chicos - Está bien muchachitos, se quedarán por un tiempo a petición de Rey, así que agradézcanle a él y obedézcanlo, ¿entendido? Él les mostrará donde van a dormir, siéntanse cómodos.

Gerson y Maklin felices agradecieron el gesto, que más tarde seguro les costaría un alto precio. – Gracias, jefe 'Siete Lenguas'.

Las ilusiones de Gerson y Maklin tomaron un nuevo rumbo, parecía que ahora todo estaría muy bien. El chico le prometió trabajar para ella, que haría cuánto dinero pudiese para un día no muy lejano, ni muy pronto; darle una casita sencilla, con su hermosa vajilla, cocina, comedor, y todo lo que una mujer ocupase para tener un hogar, ella por su parte le dijo que cuando crecieran sería la esposa más feliz a su lado, que juntos trabajarían para forjarse un destino. En medio de aquella pobreza el amor luchaba por sobrevivir a la cruel cacería humana que iba contra el chico, y que de paso afectaba a la chica, ahí se les podía ver en aquel cuartito humilde, solos los dos, abrazados viendo hacía la ciudad a través una vieja ventana, abrazados como un par de novios, cosa que ya habían hecho varias veces y no lo habían notado.

Blas y Milvia en busca de su nieto.

Blas y su esposa Milvia regresan de Europa y llegan justo al pueblo El Sauce; allí inician su búsqueda. Para emperezar, su mansión estaba realmente deteriorada, pues la habían descuidado desde hace ya doce años.

De inmediato se contactaron con Pedro el abogado e investigador, que había llegado días antes pero no les tenía información de su nieto. Así que decidieron ir personalmente al orfanato Santa Úrsula, con la esperanza de encontrarse con el chico.

A la mañana siguiente, Blas y Milvia junto a su abogado llegaron al orfanato. La sorpresa era que Joaquín el abogado de Alfonso también estaba ahí. Se sorprendieron más aún, cuando Joaquín preguntó por la directora y ésta dijo:

Alberta: - Dígame, ¿en qué le puedo ayudar?

Joaquín: - Necesito una información muy importante, es de vida o muerte.

Alberta: - Depende, porque alguna información es confidencial y para poder entregársela usted, me debe pagar, y muuuuuy bien.

Joaquín: - Busco a un chico de aproximadamente doce años de edad.

Alberta: - Tengo varios de esa edad; pero depende para que lo quiera, puede costarle más.

Joaquín: - Disculpe usted, ¿qué ha dicho? Veo que no sabe quién soy yo, permítame presentarme: mi nombre es Joaquín Sarán, soy abogado y fiscal.

Alberta: - Mucho gusto (lo dice temblorosa), ¿le gustan las bromas? Es que yo hago muchas, discúlpeme y dígame, que con gusto le ayudaré.

Joaquín: - Busco a un niño que trajeron hace doce años, él se llama Gerson Leonel García.

Para Blas y Milvia, fue una sorpresa el darse cuenta que a su nieto lo buscaba alguien más; por lo que no se contuvieron y se sintieron obligados a preguntar.

Blas y Milvia, estaban frente a la mujer que intercambió a Gerson por unas caricias de un hombre que no le ama, y ahora podría presentársele un negocio millonario y a la vez un riesgoso delito. - Disculpe el atrevimiento, pero no pudimos evitar el escucharle preguntar por Gerson Leonel García. ¿Por qué lo busca? – Dijo Blas, al escuchar que un hombre preguntaba por el mismo chico, al parecer éste comenzaba a llamar la atención de buenos y malos, sin él enterarse.

Alberta sorprendida, preguntó. - ¿Cómo? Ustedes también desean saber de ese muchachito.

Joaquín de inmediato giró la mirada, vio a los abuelos de Gerson, y nuevamente se dirigió a la ambiciosa de Alberta, y con la misma vio a los dos ancianos, diciéndoles. - Una pregunta por otra. ¿Quiénes son ustedes?

Milvia tomó la palabra y respondió; - Nosotros somos los García Manzanares, Blas y Milvia, abuelitos de ese muchacho.

Alberta sintió un paro en el corazón, al escuchar tan grande sorpresa y dijo en mente. - "¿Cómo es posible? Tuve un tesoro en mis manos y lo dejé ir, ¡maldita sea! Le informaré a Severiano, pues algo tendré que sacar de todo esto".

Alberta se quedó pensativa; pero de inmediato le echó una ojeada a los presentes, dijo; - ¡Verán ustedes, señores! Aquí tuvimos a un chico con ese nombre; pero lo trasladaron a otro orfanato; lo malo es que yo no tengo esa información.

Milvia decidió apelar suplicando por una respuesta positiva. - ¡Señora, se lo suplico! Le ofrezco mucho dinero, a cambio de que nos ayude a buscar a mí nieto lo más pronto posible.

Alberta, tras escuchar la oferta de dinero, le brillaron los ojos, sobre su mente sentía el sonar de las monedas y palpaba el acariciar de los verdes billetes, por lo que expuso su comentario. - No les aseguro nada; pero como los veo tan preocupados y tristes, intentaré ayudar. ¡Ah! Pero si logro ayudarlos no se olviden de la buena colaboración, ¿sí? – Dijo Alberta, pensando en el dinero que podría ganar.

Cuando salieron de la oficina del orfanato Joaquín se acercó a los señores García Manzanares y les dijo: - Tengan mucho cuidado, esa mujer no es de fiar según veo; por otra parte, ¿me permitirían una visita a su casa? Tengo mucho que hablarles acerca de su nieto.

Blas sintió que debía dar una respuesta positiva.

- Por supuesto, usted es bienvenido cuando lo desee.   Con un estrechón de manos y sonrisas intercambiaron información de contacto.

Cuidad de San Miguel.

Sonia conocerá a su futuro yerno. Kassandra y Mártir planean su boda civil.

Kassandra y su madre limpiaban la biblioteca, mientras conversaban, ella dijo a su madre. - Mamita hoy por la noche tendremos que preparar la mejor cena.

- Te veo muy feliz, ¿qué ocurre?

- Es por mi novio mamita. Me ha pedido matrimonio. – Sonia paró de limpiar, se detuvo, camino hacía donde su hija, le quitó el plumero, y se vieron a la cara, muy felices, contentas, tanto así que se abrazaron, y le dijo a su hija. - Eso significa que vendrá esta noche.

Kassandra sonrientemente dijo; - Sí, si mami, me ha dicho que hoy te pedirá mi mano.

Kassandra y su madre estaban muy felices, que ella le dijo a su hermosa hija - ¡Te mereces lo mejor, mi niña hermosa!

Por la noche en casa de Sonia Díaz de León.

- ¡Es un placer conocerte Mártir!, ¿pero no están muy jóvenes para el matrimonio? -- Preguntó la señora Sonia al novio de su hija. Y Martin respondió - Señora, yo amo a Kassandra y estoy seguro que ella me ama a mí. Dicen que para el amor no hay edad.

- Sí, estoy segura de eso, pero el compromiso si tiene edad. Dijo ella, mientras él replicó. - Le prometo señora Sonia que no la defraudaré.

Para Mártir y Kassandra su boda era casi un hecho, ya tenían hasta la fecha de la ceremonia. Fecha que podría cambiar por una llamada telefónica que recibe Mártir.

Día siguiente, residencia de Mártir.

- ¿Por qué me llamas? Te he dicho mil veces que yo me contactaré con ustedes. – Dijo Mártir, viéndose al espejo, mientras se barbeaba, y telefónicamente dijo Bartolo. - Tengo un mensaje del jefe.

- ¿Qué quiere tu estúpido jefe? ¿Más dinero? Preguntó furiosamente Mártir, a lo que Bartolo contestó - No, ¿cómo se lo explico?

- ¿Qué sucede? Habla ya inútil.

- ¡El chamaco!

- ¿Qué hizo ahora el bastardo?

- ¡Se nos escapó! -Exclamó Bartolo, desatando la peor ira de aquel hombre, que presionando su puño golpeó el espejo, consiguiendo hacerlo pedazos, sin importarle las heridas en su puño.

- ¿Cómo han podido ser tan idiotas? ¿Un niño los burló? Como sea, pero lo encuentran, ¡ya! – Le gritó Mártir a Bartolo y dándole las órdenes de encontrar al chico.

Es así como comienza una cacería humana, contra un niño inocente que huye en busca de su familia junto a su noviecita; por lo cual ambos tienen que enfrentarse a la maldad y al odio.

El Sauce.

Alberta en su afán por conseguir dinero fácil, decide ir en busca de Gerson al orfanato que dirige Severiano.

- ¿Qué? ¿Cómo sucedió? Decía Alberta al enterarse de que su negocio se le había escapado de las manos.

Y molesto con sus empleados, Severiano añadió; - Esta manada de buenos para... lo dejaron escapar.

- ¡A qué no adivinas lo que te tengo qué contarte! Está en juego mucho dinero. Decía aquella malvada bruja a su compinche, ilusionada con aquella jugosa oferte de billetes que le habían hecho los García Manzanares.

Severiano jugueteando con la mujer, le preguntó sobre lo que quería decirle. - Anda mi capullito, dime de qué se trata.

Alberta le explicó a Severiano acerca del dinero ofrecido por los abuelos de Gerson, además le comentó sobre aquel abogado fiscal que también lo buscaba. Severiano le propone a Alberta que otro muchachito ocupe el lugar de Gerson; hasta obtener buen dinero. También le dice que lo mantengan en secreto entre ellos dos. Mientras él piensa en la fortuna que le cobrará a Mártir por tan buena información. ¡Claro! Pero más adelante cuando aparezca el muchachito...

Ciudad de San Miguel.

'Siete Lenguas', enseñaba a los chicos el arte de robar; pretende hacer que Gerson sea uno de ellos y es que al oír el relajo que todos los jovencitos hacían mientras se divertían, Gerson y Maklin decidieron bajar justo cuando 'Siete Lenguas' le había pedido a Rey subir por ellos. Rey les informa que la clase comienza enseguida. Piolín les dice que el tema es "Cómo ser un buen ladrón sin ser sorprendido y mucho menos ser identificado, en otras palabras, hacerlo sin dejar huella". Entre debates y discusiones 'Siete Lenguas' les enseñaba secretos y trucos del trabajo. Por supuesto que Gerson y Maklin no estaban de acuerdo en nada de lo que allí se decía.

'Siete Lenguas', empezaba a impacientarse por tanta bondad en ellos, que advirtió. - Ustedes dos para pagar en donde viven y lo que comen; mañana irán a robar con Rey, con ese chico que les trajo hasta aquí.

Piolín, ese simpático chico con corte de pelo a la moda, dijo; - Aquí nadie es honrado, todos robamos por una sola causa y eso es, la necesidad: pobreza y abandono, por hambre, mi gente.

Maklin ingenuamente les pidió a los chicos tener un poco de fe. - Confiemos en Dios, Él nos ayudará como lo hace con todo el mundo. Sólo tenemos que tener verdadera fe.

Rey, como todos los chicos parecían estar contra Dios, y Gerson con Maklin, que apenas eran dos menores de edad, parecían estar bañados de Dios, porque para ellos no existía lo malo, a pesar de vivir la misma situación decadente de ellos, que era igual o peor que la de esos chicos. Con rencor Rey replicó; - ¡Dios! ¿De cuál 'Dios' hablas? ¿Del que me quitó a mi madre y me abandonó? Por Él no conozco a mi familia... ¿De ese 'Dios' me hablas?

- Yo no conocí tampoco a mi madre ni si quiera sé cómo fue su rostro, he vivido en un orfanato donde me han maltratado y humillado; pero... intentó Maklin expresarse sin poder evitar llorar, lo que si notó era de que todos eran unos resentidos sociales, buscaban excusas para quejarse.

Gerson añadió; - Y yo, mi madre y mi padre murieron cuando apenas había nacido. Se imaginan lo duro que eso fue.

- Rey eso no es motivo suficiente para que destruyamos nuestras vidas haciendo uso de los malos consejos y malas enseñanzas; porque hay personas que tienen problemas más grandes que los nuestros. Imagínate la extrema pobreza de Somalia, no se compara con la extrema pobreza de mente que tenemos aquí.

Rey burlándose dirigió a todos diciendo; - Ya oyeron muchachos. ¡Jajajá! La gran pobreza en el país me ha hecho un miserable pobre diablo sin oficio, un vulgar ladrón. Yo no soy nada ni nadie ante ustedes y ante Dios, no valgo nada. Día con día he crecido gracias a este hombre que me enseñó el único oficio que él sabe. No me siento ni bien ni mal, con o sin pobreza mental, estoy conforme con mi oficio. Decía Rey, cuando realmente en el fondo de su ser se sentía vacío y miraba la felicidad inventada de todos.

Soledad, como el nombre de esta chica, era el espíritu que se había instalado en la vida de aquellos tantos en la red de ladronzuelos, dirigidos por 'Siete Lengua'. Soledad, se expresó a su forma. - ¡Mira, Maklin! Nosotros los pobres, los marginados, no tenemos lugar en este mundo y mucho menos en este país miserable, que debió llamarse '*El Aterrador*'. Aquí somos nada y somos nadie, por ser simplemente pobres abandonados sin hogar, prácticamente desamparados. Si no es por el jefe que nos enseña lo que sabe, no sobreviviríamos. Porque a los políticos sólo les importa el voto y su maldito gane, su triunfo miserable. Se olvidan del pobre y su único interés es de enriquecerse al máximo. No cabía duda que había mucho abandono y hambre de bondad en la mayoría de rostros de esos niños y jóvenes que en medio de una hambrienta sociedad les tocaba sobrevivir aunque fuese robando.

Maklin, sentía mucha nostalgia, su corazón y alma se embargaban de tristeza. - Soy pobre y aquí estoy, no me importa eso de que este país no me dé mi lugar, si lo importante es que yo me dé mi lugar para que me respeten y valga como persona. Yo lucho dignamente por sobrevivir. Además este país no me mantiene, sobrevivo por mi trabajo, ningún país, ningún político, ni nadie me mantendrá si me quedo sentada en un banco quejándome de lo que tuve y no tuve. Todo lo que pueda tener, lo tendré si lucho. Le decía Maklin en respuesta al comentario de la triste Soledad.

Gerson y Maklin aprendieron a ganarse la vida honradamente, mientras sus compañeritos lo hacían de la manera incorrecta. Así pasaron los días. Sin duda alguna, la delincuencia surge del empuje socioeconómico y político, que no se preocupan por hacer obras que ayuden a los desamparados, no se detienen a preguntar si pasan frío, si son abusados por gente inescrupulosa, que viéndolos indefensos pueden aprovecharse de su inocencia, tal cual como lo ha hecho hasta hoy el famoso 'Siete Lenguas', como es conocido este hombre en las bajas esferas sociales.

Pueblo El Sauce.

En la mansión García Manzanares una nueva esperanza iluminaba los rostros, y es que Alberta en complicidad con Severiano, tenían el plan perfecto; presentar a un chico bajo la identidad de Gerson, prácticamente un impostor. Primero contactó a los señores y les pidió una gran suma de dinero, luego les citó en el orfanato.

Milvia estaba alegre, veía el retrato de su difunta hija, a quien ya no veía más, y le decía a su esposo. - ¡Gracias a Dios porque veré a mi nieto por primera vez!

Blas se dirigió a su amada. - ¿Cómo será? ¿Qué le gustará? ¿Cómo se comportará? ¿Qué dirá hoy que se entere de qué tiene vivos a sus abuelos?

- ¡Amor! Eso no importará en este momento. Dijo Milvia, sin imaginarse que aquel vendría entrenado para acomodarse a una vida de de grandes comodidades.

En el orfanato Alberta pensaba en la jugosa cantidad que obtendrá por parte de los García Manzanares. "¡Ajajá! Mucho dinero para mí a cambio de un muchachito mocoso. Lo más chistoso es que este muchachito tendrá los padres que nunca imaginó y con mucho dinero, ¡no cabe duda, la suerte es loca… y a cualquiera le toca, jajajá!".

Llegó el momento de intercambiar dinero por el chico.

Milvia sintió un gran alivio al ver entrar al chico, quien parecía un ángel, bien astuto y preparado por los buitres de Severiano y Alberta. - ¿Es ese mi nieto? Es precioso, ¡mira! Se parece a su madre.

- ¡Sí! Gracias, señora Alberta por cuidar de nuestro nieto y aquí está lo acordado. Comentó Blas, estirando su mano para entregarle el portafolio.

Alberta, graciosamente quería decir no; pero con sus hechos bien que recibía el dinero. - ¡No por favor! ¡No es necesario contar el dinero! Sé que ustedes son gente honorable. Ella, era de las que acumulaban tesoros secretamente bajo tierra.

Alberta habla con el niño a solas por última vez; - Recuerda Marcelito, a partir de hoy te llamas Gerson García; tendrás lo que siempre has soñado si lo haces como te expliqué. No olvides mis consejos. Y si te descubren no deberás ni podrás acusarnos a mí y a don Severiano. El chico se veía contento, paseaba su vista por el orfanato, sentía libertad porque se iría de ese lugar, no volvería a ver paredes manchadas de comida, años de desgaste, amargura soledad, y hasta paredes manchadas con sangre por las palizas que los chicos solían darse, se olvidaría del patio de los castigos, ya no habría más crueldad para su vida.

"En la vida hay personas que utilizan a niños abandonados como mercancía de muchas maneras, haciéndoles daño. Dios nos ampare y nos permita cambiar, para que no se repita esta clase de historias".

Mártir regresa a El Sauce.

Como habían pasado varios días sin noticias de Gerson, Mártir enfurecido, decidió que era necesario hacer las cosas personalmente, sabía que para obtenerse buenos resultados en los negocios había que hacerlos personalmente; así que le dijo a su novia. – Debo salir de emergencia.

Kassandra lo cuestionó. - ¿Pero, por qué?

- ¡Amor! Son cosas de negocios, tienes que comprender.

- Ya casi nos casábamos y ahora tendremos que posponer la boda. Lloraba antes de la boda, sin tan si quiera ocurrírsele que ya comenzaba el camino con lágrimas, seguramente lo terminaría con mucho dolor.

Mártir dio consuelo a su novia, diciéndole; - Te prometo que apenas regrese nos casaremos.

Así Mártir tomó camino hacia el pueblo natal de Gerson, la intención era encontrarlo a cualquier costo. Severiano, al enterarse de que Mártir regresaba, se llenó de miedo. Mientras más de la sociedad se hagan los malos, más judas habrá entre ellos y al final, nadie sabe quién le será fiel a quién, lo único cierto es que hasta el más sencillo podría ser más astuto que los mas "inteligentes".

Severiano siente en medio del miedo, un excelente negocio. Pensando en voz alta, a solas decía; - "Jamás pensé que un par de mocosos, como lo son Gerson y Mártir, me causarían tantas molestias; pero a la vez que significaran tanto dinero". De alguna forma un lazo se imaginaba Severiano que existía entre Mártir y Gerson.

Después de gritos y reproches en casa de Severiano, Mártir decidió buscar por su cuenta a Gerson, así que caminó por el pueblo. El Sauce estaba vestido de gala, el mal y el bien caminaban sus calles, todo por una cacería humana. Joaquín que también se encontraba en los alrededores, logró mirarlo.

Joaquín lo vio justo cuando salía de la "Parroquia San Antonio de Padua", tras verlos se pronunció en voz alta. - ¡No puede ser! ¿Ese es Mártir? ¡No, no puede estar pasando! ¿Qué hace aquí ese muchacho? ¿Será que ya encontró a su hermano?

Era increíble imaginarse a tantas personas buscando a un par de chicos. Resultaron más inteligentes de lo que Mártir esperaba. Para Joaquín era una carrera contra el tiempo; la necesidad de encontrar y proteger a Gerson se volvió el objetivo de su vida, pensaba que por el gran aprecio que le tenía al difunto Alfonso, era su deber y no su trabajo. Él no estaba convencido con aquel chico que se encontraba en la mansión García Manzanares. Pero le parecía bueno por ahora, para proteger al verdadero Gerson. Así que se dio a la tarea de comprobar quien era en realidad ese muchachito, y no lo diría sino hasta estar seguro de que Gerson estuviese bien.

Para Mártir fue en vano su estadía en El Sauce, así que decide regresar a la ciudad para casarse con su amada Kassandra, quien estaba muy feliz haciendo todos los planes de boda.

Las campanas de la iglesia repicaban anunciando una nueva unión. Ahora Mártir y Kassandra eran un matrimonio y lo llevarían hasta que la muerte los separe.

Cinco años después.

En este tiempo Gerson y Maklin, están de fiesta, pues él cumple dieciocho años de edad y ella ya llega a los diecinueve. Se han mantenido fieles uno al otro y en abstinencia absoluta. Han aprovechado el tiempo en diferentes actividades tales como estudiar, ya que cuando estaban niños no les enseñaban gran cosa. También se mantuvieron lejos de la delincuencia a pesar de las amenazas que recibían por parte de aquel hombre que les brindó techo. Era extraño que dos chicos tan jóvenes hubiesen podido sobrevivir juntos a una banda de ladronzuelos. Aún más que no se dejaron convencer cuando su mejor amigo Rey, día a día les decía que la mejor manera de superarse era la delincuencia. Gerson, ahora estaba listo para formar su propio hogar.

Gerson y Maklin estaban en aquel cuartito que compartían, ella dormía en una vieja cama y él en un sofá. Ahora conversaban, su apariencia ya no era de adolescentes, sino de jóvenes, sus mentes más maduras, su amistad intacta; pero más fuerte y convertida en amor. Gerson por fin propuso un vuelo a un mundo sólo para los dos, y así lo explicó. - ¡Amor! Estamos listos para irnos de este lugar y empezar una vida nueva, solos tú y yo.

- Sí, es lo que ansío desde hace mucho tiempo, ser tu esposa; ¿pero cómo nos iremos? Sabes que no tenemos un lugar a donde ir.

- Te acuerdas la primera vez, cuando huimos solos y llegamos hasta aquí; pues así lo haremos otra vez, sé que lo lograremos, aventuraremos, la vida nos deparara sorpresas, el Creador es misterioso y me ha revelado la idea de abandonar la casa del mal. Dijo Gerson, viendo aquel virginal rostro de su amada, la que peculiarmente seguía vistiendo de negro.

Entonces los planes ya estaban hechos. Gerson estaba seguro de que podría construir una vida nueva al lado de la que sería su esposa, pero el destino como siempre los pone a prueba. Es que llega el momento en que Maklin conocerá a una rival muy fuerte: Anita, una joven muy bella pero con un carácter dominante, capaz de enredar a cualquiera con su astucia y malicia. Anita y Maklin, jamás se imaginaron que estuvieron tan cerca como tan conectadas.

Anita, una huérfana como tantas, pero el destino la puso en manos de un hombre quien la crió a su lado. A muy corta edad ella tuvo que desarrollar carácter para defenderse de las garras de la injusticia. Así aprendió a robar, pero también encontró en su belleza un arma para conseguir mejores oportunidades de vida.

Llega el momento. Anita va a la casona donde 'Siete Lenguas' tiene viviendo a los chicos, ahí es un reencuentro para Rey y Anita. Sin embargo, para Gerson es conocer a una chica muy interesante, que por un momento se siente atraído por su belleza. Estaban Gerson, Maklin y Rey reunidos en la sala de la casona, cuando tocan a la puerta.

- ¡Hola, hola! Dijo aquella preciosa voz, que era muy parecida a la de Maklin, y de tener un arreglo más bonito, fuera la réplica de la misma novia de Gerson.

- ¡Wow! Tantos años ¡Estás hermosa! Igual o más preciosa que la última vez que te vi. Le dijo Rey, al verle de pies a cabeza.

- ¡Ay, papito! Estas pulgas no brincan en tu petate. De estas flores no nacen en tu jardín.

- ¡Montañas más altas he escalado! Y mejores flores he despreciado.

- ¡Cerritos querrás decir! Dijo aquella sensual damita, al pasar su mano sobre el rostro de Rey. Y así fue como caminando sensualmente hizo su entrada triunfal hacia aquella sencilla sala que se volvió el escenario más lujos al chocar su mirada con la del hombre que las mujeres suelen llamar "Príncipe azul", de inmediato dijo en mente; - Yo pensé que había escases de príncipes; pero he aquí el más bello de todos", se expresaba mentalmente, y así fue como Gerson conoció a Anita.

Rey al notar la atracción de la chica para con su amigo, añadió; - Pero pasa adelante, estás en tu casa princesa.

Anita contestó - ¡Tres cosas! ¡Claro que es mi casa! ¿Pero, llamas casa a esta pocilga? ¿Quién es ese muchacho tan guapo? Y por último, una más, yo soy la princesa y tú el sapo.

Rey se admiró y dijo; - ¡Ah, sí! Él es Gerson mi amigo y su novia es Maklin. Por cierto princesa, los sapos tenemos la virtud de volvernos príncipes con el beso de amor, proveniente de princesas como tú, mi sol en medio de tinieblas. Y la egocéntrica chica, ni atención le prestó al chico, sino que dirigió hacía el diciéndole; - ¿Novia? ¡Ah ya! Lamento no decir qué es un gusto.

Maklin se dio cuenta que a Anita le gustó conocer a Gerson y por las miradas parecía que a Gerson no le era indiferente.

Gerson dice en mente - ¡Se parece a Maklin, sólo que viste muy bonito y coqueta! Es Maklin en versión colorida, pero no es como mi hermosa novia vestida de negro.

- ¿Qué miras mi amor? Preguntó Maklin a su novio "Gerson".

Gerson contestó - ¡Nada, sólo pensaba! Puros pensamientos, amor mío.

- Con el permiso de tu novia, pero eres muy guapo. —Añadió aquella muchachita, desatando la rivalidad.

Gerson: - ¡Ah! ¡Yo soy Gerson García, y gracias por lo de guapo!

- ¡Gracias las que te adornan! ¡Papi! —Anita no podía negar que le gustaba Gerson; pero también no cabía duda que se sentía mal al lastimar a la novia del muchacho, alguna extraña sensación le pedía no hacerlo. Maklin sintió celos y se marchó a su cuarto, entonces Gerson la siguió.

- ¡Mi amor, espérate! — Exclamó Gerson. A lo que ella contestó. - ¡No! Déjame.

- ¡Mi amor! ¿No creo que tengas celos de una muchacha que ni conozco y además ni me gusta? —Le preguntó, mientras Maklin estaba triste, cosa que de un pronto a otro embargó a la bella Anita también, una tristeza mutua, Rey no podía entender el porqué entristeció Anita al mismo tiempo que la novia de su amigo también lo hizo.

- ¡Perdóname! Es que vi como te miraba y sentí raro. Es como si ella fuera yo en color, tu novia feliz sería ella, la que viste de alegría, yo sólo soy tu novia de negro, la que siempre viste de negro. —Dijo Maklin derramando lágrimas de sus ojos, mientras caminaba por el pasillo de arriba, rumbo a su cuarto, y mientras tanto Anita lagrimeaba llorando, sin tener respuesta del porqué esa escena le causó tal sentir.

- No te preocupes, sabes que eres mi único amor. Tienes que confiar en mí, cuando te digo que eres la única, es porque lo eres mi cielo. —Explicaba aquel hermoso caballero, mientras abrazaba y besaba a su amada novia vestida de negro.

Así fue como por primera vez Maklin se sintió celosa. Después de que Anita se marchó, ella bajó para hablar con Rey.

- ¿Y de dónde es esa chica? —Preguntó Maklin queriendo indagar sobre el origen de la doncella.

Y Rey le contó la versión que conocía. - Ella vino acá desde que nació, sólo que cuando tenía como seis años el jefe la apartó de nosotros y la llevó a vivir a su casa. Creo que como si fuera una hija, lo que pasa es que ella es diferente; diría rebelde. Ahora creo que es la querida de ese viejo cascarrabias, no sé realmente, por qué él la protege, le compra joyas, vestidos, cuales cosas lujosas quiera ella.

- ¡Wow! No sé, pero sentí algo familiar en ella. No me lo puedo explicar. –Dijo Maklin, mientras Rey se sonreía diciendo:

- Yo lo que vi, fue otra cosa.

Y Gerson añadió; - Cállate Rey, no es bueno hablar de quien no está presente.

- Yo sé a lo que te refieres, pero yo confío en mi novio, ¿verdad amor? –Se vieron a la cara y con un abrazo de amor, se dieron seguridad de sus sentimientos. Mientras Gerson le contestó- ¡Sí, amor! Ahora hablemos de otra cosa. ¿Les parece?

El Sauce.

Para la familia García Manzanares estos cinco años habían sido buenos, los viejos estaban contentos con su nieto postizo. Éste a su vez se sentía en la gloria, pues fue un milagro espléndido lo que le sucedió cuando la malvada Alberta le consiguió semejantes abuelos. Con dieciocho años cumplidos ya estaba listo para manejar los negocios de la familia, mientras el verdadero heredero la pasaba muy mal económicamente.

Por otro lado Joaquín el abogado, no quitaba el dedo del renglón. Es que ya tenía en su poder las pruebas de que aquel muchacho no era Gerson García. Solo espera encontrar al verdadero Gerson, para entonces desenmascarar al impostor. "¡Pobre chico!" —se decía en mente, "cuando todo se sepa ¿Qué irás a hacer?".

Ciudad de San Miguel.

Para Mártir las cosas no estaban nada mal, su esposa ya le había dado una nena, él se sentía realizado, ya era padre de una preciosa niña de dos años de edad. Sus negocios ilícitos le habían dado muy buenos resultados, su capital estaba creciendo notablemente. Lo único que lo oprimía era el hecho de no haber encontrado a Gerson y su hermana. Se comunicaba constantemente con Severiano y Bartolo, quienes le sacaban mucho dinero mientras le decían que estaban muy cerca de encontrar a Gerson.

Joaquín seguía preocupado por Gerson y aquella hermana que no había logrado encontrar; así que viajaba constantemente al pueblo de El Sauce y cada vez se sentía más frustrado por no saber de ellos, su mayor miedo era que fuesen encontrados por Mártir, antes de poder protegerlos y ponerlos en alerta. A Mártir sí lo chequeaba; pero éste sabía hacer muy bien sus cosas. — ¡Parece que Mártir se ha portado bien! ¿Será que ya olvidó lo de aquella absurda venganza? ¡Espero que así sea! Se decía mientras tomaba un café sentado en una vieja banca del parque al que Kassandra y Mártir, todos los días llevaban a su hija a pasear.

Capitulo II - Ciudad de San Miguel:

"Cuando se nace para tamal, del cielo le caen las hojas". Eso era lo que pasaba con Gerson. Su destino estaba marcado por los sufrimientos y la falta de familia. Pero ahora podría estar muy cerca de quienes lo buscaban tanto; unos para entregarle lo que es suyo y otros para quitárselo. ¡Qué destino tan extraño! Rey, le había informado a su jefe 'Siete Lenguas' sobre una mansión que pertenecía a una mujer con mucho dinero y que ella vivía solo con una sobrina. Así que el plan era entrar a esa propiedad, robarle y secuestrar a la chica para pedir rescate. Todo parecía muy fácil para esos dos hombres que planeaban su golpe más grande.

Rey estaba en la oficina del jefe, aquella que estaba decorada con piel de tigre, ahí se le podía ver sentado cómo un viejo rey de las sombras. - ¡Ves, jefe! Que sí tengo muy buenas ideas. —Le dijo aquel vago, quien siempre se preguntaba porque Anita no lo quería, he ahí la respuesta, era un vago sin beneficio.

- Siempre he sabido que eres muy inteligente; llegarás lejos, lo sé. Pero necesitamos ayuda de alguien con buena reputación para lograr el objetivo. — Había dicho tal cosa, cuando de inmediato Rey pensó en su nuevo amigo.

- Sí, pero diría que tengo a la persona indicada, de no ser porque no sé cómo convencerlo.

'Siete Lenguas' preguntó: - ¿De quién hablas? ¿Del estúpido Gerson?

- ¡Claro! Él es fuerte y sagaz, además no querrá parte del botín. Ya ves que él es muy honrado. Siempre dice que el dinero que viene de mal manera es maldito ¡Jajajá!

- ¡Qué amigo! No quisiera estar en los zapatos de ese muchacho, tú eres traicionero. —Añadió 'Siete Lenguas', bajando la moral del chico.

- Aunque no lo creas aprecio a Gerson, pero tú mismo me has enseñado que en el amor y los negocios no hay amigos.

- Eres muy buen alumno. Sólo que no me gusta tu lado conmovedor. ¡Dramatizas mucho! —Dijo el viejo 'Siete Lenguas', mientras se sonreía.

-¿Pero, cómo conseguiré que él me ayude en esto si se ha negado en cosas más pequeñas?

- Para todo hay solución y esta es mi idea. —Dijo el viejo 'Siete Lenguas', quien le indicó a Rey cómo lograr el apoyo de Gerson en esta misión, y es que Maklin era el señuelo perfecto. Sabían que ellos se querían ir de la casona, así que planearon retener a Maklin. A cambio de su libertad Gerson tendría que acceder a participar en el secuestro y robo.

El Sauce.

Por otro lado Blas y Milvia se sentían agradecidos con Alberta, le ayudaban con dinero para el orfanato; mientras el falso Gerson ya ni le respondía el saludo, se había vuelto egoísta, altanero, no se imaginaba que en cualquier instante podría caerse la nube en la que flotaba.

-¿Señora, no es suficiente con que mis abuelos le ayuden? Ahora quiere que yo pierda mi tiempo con usted. – Replicó el falso Gerson, mientras Alberta puso los puntos sobre la mesa, aprovechándose de que Blas y Milvia, recorrían el orfanato. - ¿Se te olvidó quien te puso aquí! ¡Muchachito grosero! ¡Inmundo bastardo! ¡Desecho de la vida! No me trates mal, puedo enojarme y lanzarte de esa nubecita en la que vives, o puedo explotar esa burbuja en la que hoy vives, podrías volver a tu realidad, a robar y mendingar en las calles salvadoreñas, así que más respeto para mami. –Le Dijo Alberta apretándole la mandíbula y mirándolo con ojos de yo mando acá y en tu vida.

- A usted no le conviene hablar de eso.

- ¡Cría cuervos y te sacarán los ojos!

- Ya váyase señora; mi tiempo es valioso. Búsquese a un imbécil, que si yo termino tras las rejas nos vamos los tres, usted, el viejo panzón, y yo. – Había puesto frenética a la malvada.

Ciudad de San Miguel.

En la casona de 'Siete Lenguas', Gerson llegó en busca de Maklin.

- ¡Maklin, amor! ¿Dónde estás? Tengo muy buenas noticias. —Decía Gerson, mientras jugaba a buscar a su novia, sin sospechar de los planes maléficos que se había tejido contra ellos. La buscó por todos lados en la casona y no la encontró; justo se aparecía Rey.

Gerson, le preguntó a Rey: - Rey, amigo. ¿Has visto a Maklin? No sé donde fue, nunca sale sin decirme.

Rey veía a su amigo con preocupación, no quería lastimarlo; pero su deber era agradar a su jefe: - ¡Mira, amigo! Ha llegado el momento de que me ayudes en algo, así que como eres un poco estúpido y anticuado; no me quedó más remedio que utilizar a tu chica para convencerte. —Gerson miró a los ojos a su amigo, después de haber girado su mirada, le contestó: - ¿Esto es una broma? —Gerson notó que el chico no mentía, le añadió una pregunta más: - ¿Verdad amigo?

- Me temo que no harás lo que te pido. Cuando todo acabe te podrás ir con tu chica al mismo infierno si así lo deseas; pero por ahora no la verás. ¡Ah! Despreocúpate; si te portas bien a ella no le pasará nada, te lo prometo amigo. —Le dijo aquel falso amigo, mientras le daba un abrazo.

- ¿Amigo? –Dijo Gerson, mientras le añadía: -
¡Qué cínico eres, jamás lo esperé de ti!

De esa manera empezó un horrible episodio
para Gerson y Maklin, su único amigo les estaba
poniendo obstáculos en sus vidas. Ahora Gerson
tendrá que actuar como nunca antes lo ha hecho; se
convertirá en cómplice de robo y secuestro, o de lo
contrario perderá a su amada.

Gerson estaba muy triste pero el plan seguía
en pie, unos días después llegaba la hora de mostrar
habilidad, estaba todo listo. Rey ya tenía la hora y la
fecha para el ataque.

Era la media noche de un miércoles, cuatro
chicos encapuchados se acercaban a la mansión de la
señora Esmeralda. ¡Cómo es el destino! Gerson estaba
a punto de irrumpir en casa de la madre de su amada
Maklin, una mujer que por años había buscado a sus
gemelas sin resultado alguno. Hoy a diferencia de
otras noches, Esmeralda se sentía inquieta, hecho que
le comentó a su sobrina horas antes.

- Hija no sé por qué, pero tengo un
presentimiento. Le dijo Esmeralda a su sobrina,
mientras tomaban el té en medio de una rica lectura,
en aquella inmensa biblioteca.

- ¿Qué pasa tía? ¿Es por lo de tus hijas
perdidas? –Le preguntó su sobrina Jessica.

- No, amor. Es algo que ni yo comprendo, creo
que hoy dormiré con el arma de fuego a mi lado, no
me gustan estas cosas, pero...

- Tía en varias ocasiones te he aconsejado que contrates guardias de seguridad.

- Sí, sólo que con guardias me sentiría encarcelada en mi propia casa, ¡ya sabes cómo somos los viejos! Además no confió, hoy en día la misma gente de tu servicio es la que te vigila, se aprende todo y te traiciona, hasta el punto de quitarte la vida. —Dijo la tía Esmeralda, a su sobrina Jessica, se notaba preocupada la señora, y es que las piezas del juego del ajedrez podría acercarla a sus gemelas.

Por eso; la señora Esmeralda estaba atenta a cualquier ruido extraño. Los cuatro chicos, estaban rodeando la casa. Rey que era el cabecilla, utilizaba transmisores para comunicarse con los otros y lo hacía en voz baja. Le indicó a Gerson que escalara a la segunda planta, que se introdujera por la ventana grande y luego abriera la puerta trasera de la casa; para entonces ellos entran y actúan según el plan.

Así lo hizo, de forma muy cautelosa logró entrar a la casa, bajó las escaleras, llegó hasta la puerta de la cocina e intentó abrirla; no lo pudo hacer porque esta estaba con llave. Como él es astuto, de inmediato pensó en buscarlas y de hecho las encontró colgadas en un clavito debajo de los gabinetes. Probando y probando le atinó a la correcta; lo que él y nadie se esperaba era que la señora Esmeralda había instalado una alarma que se activaba al abrir cualquier puerta. Qué curioso que no tuviera ese sistema en las ventanas, al final resultaba inútil ese sistema; pues al entrar por la ventana ya estaba insegura la casa. Lo cierto fue que Gerson sufrió el susto de su vida, no había ni terminado de abrir la puerta cuando lo sorprendió semejante escándalo; su reacción fue correr, pero no llegó muy lejos. La señora Esmeralda actuó con valentía, apuntó con el arma y disparó sin pensarlo mucho, tocando así el lado izquierdo de la espalda del muchacho. Rey indicó a los chicos escapar: -¡Vamos, vamos! Era lo que escuchaba la señora, mientras apuntaba en busca de los otros, de inmediato su sobrina llamó a la policía, los tres chicos lograron escapar sin daño alguno. Pero Gerson estaba tendido en el suelo, mientras la señora lloraba y decía: -¡Cómo es posible! Un niño intentando robar en mi casa. ¡Lo maté, lo maté! —Decía repetidas veces "¡Pobre muchacho!" —Y seguía llorando, le daba sentimientos ver a un joven delinquiendo. - ¿Cómo que pobre? Si es un vulgar ladrón. Debe ser de esas malditas maras. —Le decía su sobrina: -¡Eso y más, se merecen los mareros de este país y de todo el mundo!

Minutos después, la policía llegaba acompañada de una ambulancia, auxiliaron a Gerson y lo llevaron de emergencia al hospital. Para entonces Rey y los otros llegaban a la casona y él decía: -¡Maldición! ¿Cómo pudo pasar esto? ¿En qué fallamos? —Sentía miedo de la regañada que el jefe les daría por el fracaso.

Esmeralda acompañó al chico hasta el hospital y mientras esperaba en la sala del mismo, se preguntaba por qué sentía tanta preocupación por ese muchacho, eran leyes divinas, porque una vez más de una persona hospitalizada dependía el llegar a la vida de sus gemelas, tal y como pasó con su padre y difunto marido, en el pasado.

Rey por su lado quería saber si Gerson estaba con vida, pero no encontraba la forma de hacerlo, pues tenía miedo: - ¿Ahora cómo le informo al jefe? ¡Sé que se va a enojar mucho! —Decía mientras caminaba por la orilla de un río, sintiéndose miserable en el mundo, se sentía como un bicho que sólo servía para estorbar.

En el hospital algún tiempo después, un doctor informó a Esmeralda que el muchacho se recuperaría; ya había pasado el peligro.

- Quiero hablar con él, doctor, me lo concede, por favor. —Preguntó la gran señora al doctor cabecera de su familia.

- Por ahora no, aún no despierta, Esmeralda, sigues haciendo caridad, este chico se nota bueno, no tiene esa malicia de los mareros; pero cuídate, que no sea tu propia caridad la que te quite la vida. —Aconsejó el doctor a Esmeralda, a quien conocía desde jovenzuela, sabía qué cruz llevaba acuestas la desdichada mujer.

- Doctor no deje de avisarme cuando lo pueda hacer y por el dinero no se preocupe, que yo cubriré los gastos. Gracias por los consejos, créame que no me pesaría morir ayudando, porque deseo que alguien se apiade de mis gemelas, como yo lo hago con los desamparados.

- ¿Por qué se interesa tanto por él? Tengo entendido que este muchacho intentó robar en su casa, señora.

- Presiento que este chico no es delincuente y además quiero saber qué lo motivó para hacer tal cosa. Dios es compasivo, y un día calmará mi desdichada alma,esa que está condenada por mi padre, justo el día que cometió el sacrilegio de profanar la vida de mis gemelas. —dijo la señora, mientras besaba una imagen de la virgen de Guadalupe. Y aquel doctor la veía con mucha pena de su larga condena de dolores.

En la casona.

Rey hablaba con 'Siete Leguas'.

- ¿Qué estás diciendo pedazo de inútil? —Gritó el jefe 'Siete Lenguas', cosa que escucharon todos, hasta en el comedor.

- No fue nuestra culpa, no sabíamos de la existencia de esa maldita alarma. —Le respondió como un hombre, defendiéndose de los gritos, la discusión fue acalorada.

- ¿Alguien los vio? —Preguntó el viejo sucio.

- No, estoy seguro que no. —Respondió el chico, notándose seguridad en sus palabras; pero inseguridad en su mente.

- Como sea; pero averigua de Gerson, si no se muere que no nos delate. ¿Entendiste? —Le advirtió el 'Siete Lenguas'.

Los ánimos estaban revueltos, Maklin no sabía nada, pero lloraba por no estar cerca de Gerson y peor aún, nadie le decía por qué ella estaba retenida en ese lugar. Anita era quien la cuidaba, pero no se dejaba ver de ella; le pasaba la comida por una puertecilla que tenía la puerta principal de aquel cuarto donde la retenía 'Siete Leguas'.

- ¡Maldición! ¿Por qué nadie me trae noticias? Me siento estúpida cuidando a ésta... -Decía Anita, mientras se pintaba las uñas, sentada en un sofá.

Las horas pasaban, Esmeralda estaba cansada pero quería esperar a que el chico despertara. De pronto llegó Rey, se acercó a la ventanilla de información y preguntó por Gerson. Al escucharlo, Esmeralda se acercó y le preguntó quién era él, en ese momento Rey corrió sin esperar la repuesta por la que había ido.

Al día siguiente Gerson despertó. Esmeralda fue la primera en enterarse, de inmediato fue al cuarto para hablar con él.

- ¿Cómo te sientes, muchacho? —Le preguntó aquella suave voz angelical, la que confundió con la voz de su madre.

- ¿Vino con la policía? —Respondió con otra pregunta.

Y Esmeralda no pudo negarse a darle respuesta, a pesar de que él no había respondido su pregunta: - No, pero dime; ¿qué fue lo que pasó?

- Sólo sé que alguien me disparó.

- ¿Cómo un muchacho tan lindo y joven intenta robar en una casa de una mujer sola? —Le agregó la señora, mientras lo veía angelicalmente, acariciando sus mejillas.

- Perdón señora. Le aseguro que no acostumbro hacer estas cosas, se lo juro. —La señora no dudaba de lo que el chico le decía.

- Sé que lo que dices es cierto, pero lo intentaste, así que dime, ¿por qué?

Gerson le explicó a Esmeralda porqué intentaba robarle. Le dijo que la vida de su novia estaba en peligro si él no hacía algo pronto; entonces Esmeralda le prometió ayudarle. Lo llevaría a su casa mientras se recuperaba e intentaría rescatar a la muchacha.

- ¡No! Ni yo sé dónde la retienen. —Dijo el chico, a lo que Esmeralda respondió: - La policía se encargará.

- Señora, deje que yo me encargue de eso, conozco a esos tipos y sé que si la policía interviene le pueden hacer algo a Maklin.

-¿Qué has dicho muchacho? —Esmeralda sintió un frio que recorría su cuerpo, jamás nunca había escuchado el nombre de Maklin, era el nombre de una de sus pequeñas, las cuales le había sido arrebatada desde que penetraron al mundo, ahora con más razón ella protegería a ese chico, él la llevaría a sus gemelas, ya lo presentía.

- Que me deje a mí hacerlo. Es mi novia y soy yo quien la protegerá hasta con mi propia vida.

-¡No! Dime el nombre de tu novia, repítelo por todo el amor que le tienes, repítelo, dímelo en nombre de Dios, ¡Te lo suplico! —Ya ella se había ilusionado con que Dios estaba escuchando sus largos años de oración con ferviente fe.

Gerson movió sus labios, la señora dejo salir un par de lágrimas, parecía escuchar que su corazón saltaba de regocijo, un milagro de Dios sentía ella en su alma, su espíritu bajaba otra vez para posarse en su cuerpo, cuando el chico dijo: - Maklin Fuentes, así se llama mi novia. Mi bella novia vestida de negro, porque ella sólo viste de negro, me dice que es porque es el color que más le gusta, porque nunca pudo ver un sol que iluminará su alma. Mi señora, ¿qué le ha hecho llorar? Por favor, no se ponga así. —Dicen que el corazón de una madre no se equivoca, y la suplica de una madre, Dios la escucha, y ahora esta madre podría recibir el milagro más esperado. Encontrar a sus hijas.

Esmeralda se dio media vuelta, vio una imagen de una cruz en la pared, se santiguo, estaba angustiada, mientras pensaba en mente: - "¿Será posible? ¿Se tratará de mi hija? No, debe ser coincidencia el nombre, pero Maklin no es un nombre común en El Salvador, Padre Celestial, me has escuchado, has devuelto mi sol y mi luna, mis dos hijas." —Gerson presintió que un gran dolor oprimía el corazón de tal mujer.

Por la tarde Esmeralda logró llevarse al muchacho a su casa, ahí se recuperaría y luego le ayudaría a rescatar a su novia.

- Dime más sobre tu novia. ¿Dónde la conociste? —Intentaba la señora empezar a recaudar información sobre la chica, tenía mucho interés, trataba al chico como si fuese su futuro yerno, lo había instalado en un lujoso cuarto, con muchas comodidades, se había encargado de que Jessica contratara seguridad y sirvientes de confianza, empezaba su casa a tomar vida y color.

Gerson le decía: - Señora nosotros somos huérfanos, venimos de un pueblo que se llama El Sauce; la conocí en el orfanato cuando yo tenía doce años y ella trece. De ahí nos fugamos porque nos maltrataban; bueno, más a mí. Llegamos a esta ciudad porque entonces un niño de mi misma edad nos dijo que nos ayudaría. Pero fue un poco malo, pues de ahí no nos dejaron salir. Cuando cumplí la mayoría de edad le propuse fugarnos de nuevo; esta vez la protegería y me casaría con ella. Pero ese supuesto amigo escuchó mis planes, me la escondió y me obligó a lo del robo con la idea de dejarnos en libertad después de lograr su objetivo.

- ¿Tiene una hermana? ¡Y! ¿Ella tiene una hermana? —Preguntaba ansiosamente la señora.

- No señora, pero ella me dijo en varias ocasiones que soñaba cosas y sentía como si existiera una parte de ella en otro lugar. ¿Pero usted cómo lo sabe señora?

- Primero recupérate, luego traeremos a tu novia y entonces, sólo entonces haré una investigación exhaustiva.

-¿Investigación sobre qué señora? —Preguntó Gerson, intrigado, sentía que la señora si ocultaba algo que le había sucedido en su pasado.

- Yo me entiendo muchacho; por ahora quiero que recuperes fuerzas, qué las necesitarás para ayudar a tu novia.

Sin saber Gerson estaba siendo ayudado por la propia madre de Maklin; ahora sí que estaba el destino haciendo algo bueno para los muchachos que ya habían sufrido bastante.

En casa de 'Siete Lenguas', Rey discutía con él.

- ¿Cómo se te ocurre? No dejaré que te lleves a Maklin. —Le gritaba el maléfico hombre, sabía que mantener a Maklin de rehén, evitaría que el chico los delatara.

- Jefe a Gerson alguien lo está ayudando y me temo que involucren a la policía. —Rey, explicó su miedo.

'Siete Lenguas' dijo: - Por lo mismo, es mejor que ella permanezca en esta casa y no en la casona, así mantendremos a Gerson quieto.

- No, e insisto, es mejor devolverla; terminemos con esto de una sola vez.

Rey no lograba que 'Siete Lenguas' lo dejara llevarse a Maklin. Se retiró, pero le dijo que cambiaría de opinión pronto, que todo tenía que terminar en paz, él no quería la cárcel como casa.

Unas semanas más tarde el destino mismo pondría a Maklin frente a su madre. Una hermana la cual no sabe de su existencia, le ayudará a escapar de su cautiverio, sin sospechar que su madre las ha estado buscando por años.

Mansión Fuentes:

Han pasado dos semanas y Gerson está listo para ir por Maklin; así que le pide a la señora Esmeralda que le permita traerla consigo a su casa.

- Por supuesto que sí muchacho. ¿Pero, no es peligroso que vayas tú solo? —Comentó Esmeralda, temiendo un desquite de sus enemigos.

- ¡Señora! Le aseguro que es la mejor opción, sé que la traeré. —Esmeralda, contaba los instantes para poder ver a su hija vuelta una mujer.

Casona de 'Siete Lenguas'.

Gerson regresa a la casona y enfrenta a Rey.

- Escúchame, todo salió mal, pero no hay problema, te entregaré a tu chica, dame tiempo hasta la noche.

- ¿Por qué hasta la noche? ¿Pasa algo con ella? —Dijo preguntando Gerson, a su mal amigo.

- ¿No le has dicho nada a la policía? —Interrogó a Gerson, preguntándole.

- No, sólo entrégame a Maklin y nos iremos de tu vida, nadie saldrá perjudicado.

- Es sólo que quien la tiene es el jefe. —Le dijo Rey temerosamente, Gerson sabía entonces que Rey seguía siendo su amigo, que solamente quería quedarle bien al jefe.

- Si le llega a pasar algo, ¡te juro que me las pagarás! —Amenazó Gerson a su amigo Rey, acto que fue ante todos los que vivían en la casona.

- ¡Confía en mí! —Rey pidió un voto de confianza

- ¿Confiar? ¡Nunca más! —Le contestó Gerson referente a la petición.

- Ya está bueno, ven a media noche. —Convencido Rey, quería recuperar al amigo, le prometió que por la noche tendría a su novia.

Y sucedió que Gerson regresó a la mansión; esta vez no le fallaría a su novia. En un descuido de Esmeralda, él tomó el arma con la cual le dispararon y la guardó en su pantalón. Así mismo se retiró para esperar a Maklin en la casona de 'Siete Lenguas'.

Casa de 'Siete Lenguas'.

Eran ya pasadas las diez de la noche. Rey se infiltró en la casa sin ser visto, pues él sabía donde tenían a Maklin. Cuando hizo su primer intento, Anita lo descubrió.

- Así que vienes por esa. –Le preguntó la chica dando muestras de pequeños celos.

- Ayúdame; terminemos con esto. –Cuando Rey le hizo esa petición sonrió y le dio respuesta positiva.

- Aunque no lo creas, yo también quiero que esto acabe. Te ayudaré, pero si algo sale mal diré que fuiste tú quien lo hizo todo.

- Verás que no te arrepentirás, es más, por ti me dejó dar latigazos. – Le decía Rey a su bella Anita, por quien daría hasta lo que no tiene.

Así, Anita le ayudó a liberar a Maklin, quien estaba desesperada por ver a Gerson. A la media noche Gerson estaba decidido a actuar contra Rey y los otros sino le llevaban a Maklin. Así que tomó el arma en la mano y se paseaba por la sala de la casona. De momento sonó la puerta y la que entró primero fue Maklin, se le lanzó a los brazos y lo besó.

- ¿Estás bien, amor? –Preguntaba Maklin a su bien amado, quien le daba besos y abrazos, la miraba de pies a cabeza, para ver si le había hecho algún daño

- Sí. ¿Pero y, tú?

- Sí. ¿Qué haces con un arma?

- Estaba decidido a recuperarte.

- Devuélvela, sé que no es tuya. Ellos no me maltrataron, me tuvieron encerrada, estuve leyendo.

–Le hablaba ella, mirándolo a los ojos, teniéndolo tomado de una mano, era tierno verlos juntos y llenos de felicidad de verse el uno al otro.

Rey y Gerson se dijeron muchas cosas; pero al final Gerson le dio un abrazo y le dijo: - No te guardo rencor, cuídate y suerte que nosotros ya nos vamos para no volver. Se retiraron y se dirigieron hacia la mansión Fuentes. Ahora sí, Maklin se vería cara a cara con su madre.

Mansión Fuentes.

La señora Esmeralda estaba atenta a la llegada de los muchachos, permaneció en la sala de su casa y hasta les preparó café. Suena el timbre y Esmeralda atiende la puerta, le dice a los sirvientes que se queden de pie en la sala, esperando la llegada de sus invitados de honor. Al ver a Maklin se sorprendió por el parecido con su difunto amor, o sea el padre de sus hijas. Maklin no sabía lo que sentía, de pronto se puso a llorar, hecho allá embargaba a la bella Anita, quien estaba en aquella casa de lujo, encerrada en su cuarto, y acostada en su cama. Y Esmeralda aguanto sus lágrimas; pero su corazón supo reconocer a su hija, era esta su verdadera hija.

Esmeralda preguntó: - ¿Te pasa algo, mi niña?

Maklin contestó: - Todo está bien señora. Es sólo que me sorprendió ver su rostro.

Maklin sentía algo muy fuerte que la unía a esa mujer y Esmeralda, no cabía de emoción. "Ésta puede ser mi hija, ¿pero, y la otra? ¿Cómo haré para averiguarlo?" —Ambas sentían haberse abrazado espiritualmente.

Esmeralda comentó: - Ahora estarán seguros conmigo; les ayudaré y mi casa la compartiré con ustedes. ¡Ah! Ella es mi sobrina Jessica, vive conmigo.

- Mucho gusto. —Dijo Jessica; pero ella no estaba muy convencida de la inocencia de Gerson, cosa que solo el tiempo le daría la razón a uno de los dos. Además Maklin no le parecía muy sincera; pero al fin de cuentas, no era raro, siempre hay personas que tienden a juzgar sin conocer y Jessica parecía ser una de esas.

Días después.

Para Mártir ya habían pasado muchos años sin saber de aquel a quien él le llamaba bastardo, ni tampoco encontraba a su hermana. Parecía que se los había tragado la tierra. De pronto suena el celular:

Mártir contestó su celular: - Te he repetido durante años que no me llames, yo soy quien me comunico con ustedes.

- Lo que le diré es importante. —Dijo Bartolo telefónicamente al malvado.

- Habla, no tengo tu tiempo. —Respondió molesto y misteriosamente Mártir, pues su esposa estaba en casa.

- El viejo dice que conoce a alguien que nos puede ayudar para encontrar a Gerson.

- ¿Quién es esa persona que dices? –Curioseo Mártir, muy interesado en involucrar al planeta entero si fuera posible, con tal de acabar con Gerson y su hermana desaparecida.

- Mañana viajaremos a la ciudad, dice el viejo que si le das un buen dinero mañana mismo conocerás a ese hombre.

Así fue, Severiano y Bartolo hicieron viaje hacia la ciudad de San Miguel, se citarían con Mártir en casa de 'Siete Lenguas'.

Mientras tanto para Esmeralda las cosas estaban tomando otro rumbo. Es que después de la llegada de Maklin a su casa ella decidió investigar sobre el origen de la muchacha, pues estaba más que segura que se trataba de su hija. De esa manera tomó camino al pueblo natal de los muchachos, ahí se entrevistaría con Alberta.

Orfanato.

- Mire señora, lo que usted me pide es confidencial. –Le decía Alberta, esperando a que esta mujer la comprara con un fardo de billetes.

- Te pagaré muy bien, ¡por favor! –Propuso la señorona, y Alberta como buena ambiciosa haría su negocio, y por el orfanato se corría el rumor de aquella vieja tenía una entierro de dinero, ahí guardaba todo el dinero de aquellos pobres niños que vendía.

- Estamos hablando el mismo idioma, nos entenderemos mejor. —Eso me excita, en los negocios se tratan buenas propuestas y una se queda con la que más seduzca. —Comentaba desvergonzadamente la malvada.

Alberta entonces le afirmó lo que ya sospechaba. Maklin había llegado a sus manos con una carta que decía sus apellidos y la fecha en que nació; todo coincidía, excepto que faltaba la otra niña.

Esmeralda preguntó algo más: - ¿Qué sabes de la otra niña?

- Sé que sí existe, pues un muy buen amigo mío me comentó que en esa misma fecha él recogió una nena con el mismo apellido. Supongo que se trata de la hermana gemela. —Respondió Alberta ante la pregunta de la señora.

- Pero, ¿dónde está? ¿Quién la tiene? ¿O en dónde vive? —Suplicaba aquella mujer, deseando ver juntas a sus hijas que ya estaban más cerca que nunca.

- Por lo que sé la dieron en adopción, pero no sé a quién. Sí escuché que la llevaron a la cuidad de San miguel.

- ¡Oh, Dios mío! Tan cerca de mí y no la conozco. Seguro hasta nos hemos cruzado, nos hemos sonreído y sin darnos cuenta que éramos madre e hija. —Le dijo tristemente Esmeralda, a la señora Alberta, quien no sentía ni una sola gota de compasión ante el sufrimiento de esta mujer.

Esmeralda iba muy emocionada, pues ya había encontrado a una de sus hijas y tenía la esperanza de pronto dar con el paradero de su otra hija. Por ahora sólo quedaba esperar la reacción de Maklin cuando le dijera que ella era su madre.

El destino parecía portarse bien con los chicos, pues por casualidad Esmeralda era muy buena amiga con Daniela la futura esposa de Joaquín, el abogado que buscaba a Gerson. Al regresar a su mansión Esmeralda preocupada decidió llamar a su amiga para pedirle consejo.

- ¡Amiga, tanto tiempo! −Aquella preciosa mujer que estaba de espaldas colocando un paisaje en la pared, atendía su teléfono, y ella era Daniela, la flamante novia del abogado Joaquín.

- Lo sé. Estuve fuera del país por unos meses; pero ahora he regresado y me he encontrado con un milagro. − Le dijo siguiendo la conversación con Daniela.

- ¿De qué hablas? −Cuestionó Daniela.

- He encontrado a una de mis hijas.

Esmeralda compartió su alegría y angustia con Daniela, quien le aconsejó no temer; le dijo que Maklin entendería su caso y que contrario a enojarse se alegraría. También Esmeralda le comentó sobre el novio de su hija. Cuando Daniela escuchó el nombre se acordó de aquel niño que su novio había buscado durante años.

- ¡No puede ser! Parece que el milagro no es sólo para ti. —Expresó alegremente la bella Daniela.

Esmeralda averiguó: - ¿Por qué lo dices?

- Amiga ya te lo contaré todo; por ahora esperaré a que mi novio regrese e iré a tu casa.

- Claro, esta es también tu casa. —Dijo Esmeralda ofreciéndole visitarse mutuamente.

Para los muchachos la vida estaba acomodándolo todo; sólo era cuestión de horas. Con un poco de suerte terminaría la búsqueda para Joaquín y Esmeralda; sus chicos estaban muy cerca.

Joaquín había ido en busca de Mártir, primero a la mansión de sus padres, no lo encontró ahí. Pero los empleados de la mansión le dieron la dirección de una pequeña casa que Mártir tenía en las afueras de la cuidad, donde vivía con su esposa. Sin pensarlo dos veces Joaquín fue en su búsqueda, quería asegurarse de que Mártir no conocía el paradero de sus hermanos —y mejor aún— tenía la esperanza de que aquel muchacho hubiese desistido de hacerles daño.

Al llegar Joaquín llama a la puerta, quien le atendió fue Kassandra.

- ¿A quién busca señor? —Se dirigió el interrogatorio de Kassandra, para aquel hombre que estaba de espaldas y que de pronto se dirigió a conocerla a ella, girando su mirada.

Joaquín le respondió: - ¡A Mártir!

- ¿Es usted es su amigo o tiene negocios con él? –Volvió a preguntar la esposa del malvado.

A Joaquín le llamó la atención aquel rostro, le parecía conocida la señora, pero era muy joven y él no recordaba en donde la pudo haber visto antes.

- Disculpe el atrevimiento, ¿pero, cómo me dijo que era su nombre, señora? –Devolvió la misma pregunta para aquella joven señora (mujer joven), que le miraba con respeto.

- Mi nombre es Kassandra. –Dijo ella, contestando la duda del hombre.

Joaquín decidió retirarse pero le dijo a la señora que regresaría pronto, esperando esta vez encontrar a Mártir. De regreso a su casa, él pensaba en aquel rostro que se le hacía familiar.

Mansión Fuentes.

Esmeralda no encontraba la oportunidad de hablarle a Maklin; más bien se sentía temerosa, pero debía hacerlo. Así que tomó valor y llamó a los muchachos a la sala de su casa.

- Señora, somos todo oídos. –Dijo Maklin con una sonrisa y con mucha tranquilidad.

- Maklin, mi nombre es Esmeralda Fuentes. –Dijo Esmeralda, mientras Maklin añadió; - Sí señora. Lo tenemos claro.

- No hija, permíteme explicarte... Yo soy tu madre. —Dijo aquella mujer con mucho valor, esperando la reacción de su hija. Maklin empezó a llorar. Sentía alegría, miedo, enojo; pero Esmeralda le contó la odisea que vivió todos estos años y ella lo asimiló muy bien. Comprendió cómo fue que su madre las perdió y se alegró más al saber que tenía una hermana.

- ¿Te puedo llamar mamá? —Preguntaba mientras lloraba y la abrazaba.

- Claro, hija. Es lo que he estado esperando durante muchos años, escuchar que me llamen mamá; tú y tu hermana.

- Tenemos que encontrar a mi hermana, para ser felices, juntas las tres como la familia que somos.

Gerson se sentía contento por lo que le estaba pasando a Maklin; pero también sentía tristeza porque se acordaba de que él no tenía a nadie y pensaba: - "Ahora que Maklin tiene una mamá y además es millonaria no querrá casarse conmigo".

Mansión Sarán.

Daniela no esperó que Joaquín acabara de llegar, cuando se le lanzó a sus brazos y le dijo: - "¡Amor, no sabes la noticia que te tengo. Te vas a caer de espaldas...!" —Así, le contó que en casa de su amiga Esmeralda estaba viviendo un muchacho de nombre Gerson García y que era originario de El Sauce; por lo que de inmediato él le pidió a su novia ir a casa de su amiga para conocerlo y asegurarse si era aquel a quien él buscaba tanto.

Mansión Fuentes.

Eran las siete de la noche y en la mansión se disponían a cenar; de pronto llaman a la puerta.

- Tía, yo atiendo, no te preocupes. —Jesica, va hacia la puerta, abre y tras reconocer las visitas avisa – "Tía es tu amiga Daniela".

- ¡Ay, qué emoción! Hazla pasar acá para que nos acompañe a la mesa. —Respondió la señora Esmeralda.

Y así lo hizo. En la sala del comedor Gerson y Maklin se ponen de pie, ellos eran muy educados. Tal parece que la clase no se hurta, se hereda. Esmeralda y Daniela se saludaban muy cariñosas, ya que eran amigas desde toda la vida y se querían mucho.

- ¡Esmeraldita! Te había hablado de mi novio; pero no te lo había presentado. Él es Joaquín, mi futuro esposo.

- ¡Mucho gusto! Dani, habla maravillas de ti, hasta ya siento que te conozco. —Decía Esmeralda estrechando la mano de aquel hombre que con un beso en las mejillas le saludo.

- ¡El gusto es mío! –Dijo aquel caballeroso hombre.

- Fue una gran alegría cuando me contaste sobre el encuentro de tu hija. –Comentó Daniela, mientras Joaquín no dejaba de ver al chico que era tan parecido a su difunto amigo Alfonso.

- Sí, ella es Maklin Fuentes, mi hija, y su novio Gerson García. –Esmeralda presento a los jóvenes, para que Joaquín y Daniela les conocieran.

- Es un placer conocerlos. –Maklin sonrió al mismo tiempo que Gerson también dijo: - Mucho gusto señores.

- ¡Wow! Parece que siempre hubiesen estado contigo, son muy educados. –Señaló Daniela felicitando a los jóvenes.

Después de cenar Joaquín pidió a la señora Esmeralda hablar con Gerson, fueron a la sala grande y ahí se sentaron a conversar. Después de un rato se retiraron Joaquín y Daniela. En el camino a casa Joaquín hablaba con su novia.

- No cabe duda, ese muchacho es el Gerson que he buscado por años. –Le decía muy seguro Joaquín, a su novia.

- ¿Estás seguro amor? –Agregaba la novia de aquel hombre, pues no podía cometerse el mismo error dos veces, ponerse un impostor en lugar del verdadero Gerson.

- Por lo que hablé con él y por el gran parecido que tiene con su difunto padre. Es más, hasta se parece con Mártir su hermano mayor. Ahora sólo tengo que protegerlo y asegurarme de que Mártir no le haga daño. Necesito encontrar a su hermana para entonces poder proceder con la lectura del testamento. –Joaquín ya encontró a Gerson y no tardará en encontrarse con la otra hermana, reuniendo a los tres hermanos, como albacea del testamento desatará un torbellino de sangre y dolor.

Día siguiente en casa de 'Siete Lenguas'.

Llegó la hora en que Mártir conozca a 'Siete Lenguas'. Severiano y Bartolo habían llegado temprano a la ciudad, estaban ansiosos de dinero, pero también querían saber la razón por qué Mártir se interesaba tanto en un huérfano como Gerson.

Sólo habían pasado unos minutos después de las tres de la tarde, Severiano estaba desesperado porque Mártir no se aparecía: - "Tranquilo jefe, pronto llegará". -Le decía Bartolo, quien estaba mirando por una ventana que daba a la calle. Ya está aquí. Ve jefe, se lo dije. Y en ese instante fue hacia la puerta.

- Mártir, ¡qué bueno que ya está aquí! –Le dijo Bartolo, siendo ignorado, hasta los instantes después muy antisocial añadió Mártir: - Vamos, que mí tiempo sí vale. --Se dirigieron a una habitación que utilizaba 'Siete Lenguas' como su oficina, entonces empezaron a hablar sin mucho protocolo.

Mártir realmente no perdió su tiempo, y entre todos esos buitres él parecía que era el más malo de todos. Se dirigió a todos ellos diciendo: - ¿En qué me puede ayudar este hombre?

- Mártir hablemos de la cantidad. −Proclamó el viejo asqueroso de Severiano.

- Siempre te he pagado por cada cosa que haces, ¿qué más quieres? Manteca para tu porcina panza. −Dijo enfurecido Mártir, dejando humillado a Severiano.

- Hace mucho que no nos colaboras y ya ves la situación. −Expuso el viejo Severiano, poniendo una cara de melodramático.

- Por supuesto, cómo quieren dinero si en todos estos años no me han servido de nada. − Promulgó Mártir mientras revisaba su celular, consiguiendo que sus enemigos en silencio comenzarán a multiplicársele pasando de socios a enemigos mortales.

- Bueno, bueno, ahora sé que podremos ayudarlo, Mártir. −Dirigió su mirada hacia Mártir, quien atento a su celular no prestaba mucha atención, hasta que Severiano le pidió seriedad cerrándole el teléfono. "Si quieres buenos resultados hazlo tú mismo, por eso te traje a esta reunión, es hora de actuar, deja tu celular por un lado, más tarde saludas a tus libidinosas zorras, ahora a trabajar".

Discutían como tontos pero al fin le permitieron a 'Siete Lenguas' hablar; sólo que había algo en lo que ninguno de los que estaban en esa habitación pensó. Era que había más gente en esa casa. Claro, Anita estaba ahí pues ahí vivía. Al escuchar tantas voces discutiendo le entró curiosidad y se situó tras la puerta al momento en el que 'Siete Lenguas' hacía las preguntas.

- ¿Qué o a quién buscan? —Interrogó 'Siete Lenguas' a Mártir y a sus secuaces de octava.

- Necesito encontrar a un muchacho que en este momento debe de tener dieciocho años de edad. ¡Un bastardo! —Recriminaba con mucha rabia, dejando salir el odio que se podía notar en su rostro.

- ¿Cuál es el interés por encontrarlo? Digo, si se puede saber. — Volvía a interrogar 'Siete Lenguas', pues él quería llegar hasta donde su mano pudiera coger una excelente cantidad de billetes que el malvado pudiese pagarle.

- ¿Vine para que me interrogue o para que me ayude? —Señaló Mártir dirigiéndose a Severiano y a su perrito faldero "Bartolo".

-Mártir, eso   es parte del trabajo; las preguntas que mi amigo le hace son importantes. — Dijo Severiano a Mártir.

- Sí Mártir, este viejo sabe mucho. Perdón por lo de viejo. Y si, sabe mucho, no en vano le llaman

'Siete Lenguas'. –Dijo Bartolo tratando conseguir que Mártir confiara en el viejo que le presentaban.

- Está bien, para el caso, da lo mismo. Pero dígame Mártir. ¿Cómo se llama el susodicho? –Le inquirió 'Siete Lenguas' al que sería su nuevo jefe.

Y Mártir no dudo en dar la información: - Se llama Gerson García y es mi hermano.

Todos en la habitación se vieron las caras y con exclamación, admiración e interrogación dijeron: - ¡Qué! ¿Qué?

Así fue como Severiano y Bartolo se enteraron del parentesco familiar entre Mártir y Gerson.

- ¿Por qué persigue a su propio hermano? – Indago Bartolo, pudiendo no darse cuenta que tocaba temas prohibidos que podrían costarle hasta la cabeza.

- Sí, ¿por qué destruirlo? Desde que era un niño intentaste hacerle daño, ¿cuál es ese motivo tan grande? –Indagaba Severiano, tratando de conocer motivos del porqué un hombre quisiera concluir con la vida de un hermano.

- Él es producto de una infidelidad de mi padre para con mi madre. Ella antes de morir me hizo jurar venganza, es por eso que debo destruirlo. –Mártir había dado sus sencillas explicaciones para los metiches de sus cómplices.

Anita, no podía creer lo que estaba escuchando, pero aún faltaba más.

- ¡No lo puedo creer! Hace dos días que se marcharon de mi otra casa, esos infelices sí que tienen una suerte muy grande, deben tener una entidad divina que los protege. —Decía el maléfico 'Siete Lenguas', llamando la atención de Mártir, quien no dudaría en ofrecerle un precio valioso por él, por su hermano.

- ¿Se marcharon? ¿Quiénes? —Preguntó Mártir dudoso, al escuchar se marcharon, hablando de plural.

- Gerson y Maklin, quienes vivieron en mi casona por como cinco años. Ahora que lo pienso, se parece a usted la niña, ¿no? Me refiero a él, la niña sólo viste de negro. El niño tiene un parecido con usted, claro, por eso cuando te vi, pensé que era el padre de él; pero era muy joven para tener un hijo de tal edad. —Dijo 'Siete Lenguas', alegrando a Mártir, porque estaba más próximo a encontrarse con su hermano frente a frente, y esta vez el duelo podría significar a muerte.

- ¡Con que siguen juntos! ¡Pobre ilusa, la dejaré viuda! Tal vez la novia de mi hermano, la novia que viste de negro, ella sea el señuelo para atraerlo, conseguir que se entregue por la vida de ella, tal vez eliminarlos al mismo tiempo, o a ella primero, lo que más daño le haga a él, que sienta el dolor que sentí yo al perder al ser que más amaba; mi madre. Que sienta lo que es perder hasta el último familiar, que sienta lo que sentí yo al ver morir a mis padres, después de verles largos años peleándose por las infidelidades, así quiero que se seque mi hermano, que se seque de dolor, y después mandárselo a Joaquín embalsamado

para que le entregue su herencia a los gusanos.
¡Maldito bastardo! Estamos próximos a encontrarnos.
-Decía Mártir, mientras sus cómplices se veían a la
cara, nunca habían visto un ser tan lleno de rencor, no
era odio era más rencor, vacío, soledad, y de todo
esto se iban a aprovechar, pues Mártir estaba
vulnerable y fácil de manejar, todo ese amor que le
tuvo a sus hermanos cuando lo supo que existían, su
madre lo había obligado a contenerlo, ocultarlo; pero
jamás mostrarlo, y eso hizo de este hombre un
infierno, su alma era su propia cárcel de dolor, y sólo
el día que se perdonara, ese día sería libre.

- Jefe le dije que viniéramos ya hace mucho
tiempo; los teníamos y se nos fueron otra vez. —Dijo
Bartolo, mientras veían a Mártir de espaldas,
secándose las lágrimas, pues había recordado todo el
daño del pasado, lamentablemente Mártir era de los
que en lugar de tomar el pasado como trampolín para
una mejor vida, lo había tomado como sofá y ahí se
había quedado acostado.

- ¡Ya cállate! Es lo único qué sabes hacer;
hablar y hablar. —Regañó Severiano a su perro fiel
"Bartolo"

- ¡Cállense los dos! ¿Sabes dónde están
ahora? —Curioseó Mártir dirigiendo su atención, y
mirada en 'Siete Lenguas', quien mostró buena
respuesta.

- Sí, pero esa información vale mucho. —Le dijo
este otro viejo "Siete Lenguas", a Mártir, pobre, ya

todos le habían visto cara de banco, todo lo que le decían y le hacían era por dinero.

Anita estaba sorprendida por las confesiones que ahí se decían, pero faltaba lo más importante.

- ¿Para qué quieres a Maklin? –Dijo Severiano en una pregunta.

- Esa para lo único que puede servir es como carnada para destruir a mi hermanito el bastardo. Ha llegado la hora de ponerle nitidez a esta historia, el momento de la novia de negro se acerca, vamos a ver si la novia de negro es capaz de dar su vida por amor. –Replicó Mártir, sabiendo sólo Dios; qué planes tendría en mente para con la novia de negro. "Maklin" y Gerson.

- Existe un detalle muy importante y ustedes no lo saben, Maklin es de apellido Fuentes y es la hermana gemela de mi amada Anita. Ellas no lo saben, porque cuando Severiano me envió a Anita yo le di mi apellido. Por esa razón el día que conocí a Maklin, la novia vestida de negro, esa niña, me dejó atónito, era la imagen exacta de Anita, Anita es vida, es color, Maklin es oscuridad, tristeza, por eso dice que viste de negro, sólo cuando se reúna con su gemela cambiara su gris vida. –Anita se veía de pies a cabeza y recordaba a Maklin, hasta que por fin entendió el porqué se sentía nostálgica, y no podía hacerle ningún daño a Maklin.

Maklin ahora encontró a su madre, sé que es ella quien les ayuda y que viven en su mansión. –Dijo 'Siete Lenguas', haciendo que la historia tomara más brillo, más fuerza y ahora el color negro podría convertirse en locura, por eso dicen que quienes ven a la novia de Gerson, la ven como '*La Novia de Negro*', esa que es señalada como la que tiene una historia de colorismo.

Mártir admirado, sentía respeto por este hombre, y podría poner hasta su fortuna sobre esto, desatando los celos y la envidia de Severiano, quien por antigüedad se considera con más derechos a los millones de Mártir: - ¡Viejo brujo! ¿Qué más sabes? -- Dijo Mártir, con un rostro de alegría.

- He averiguado que la madre de ellas tiene mucho dinero y podríamos sacar ventaja de ello. – 'Siete Lenguas' expulsó de su boca mucha información que Anita escuchó.

- A mí no me interesa para nada eso, si quieren háganlo ustedes, yo quiero en mis manos al bastardo; de lo demás me encargo yo. El día que ese infeliz caiga en mis manos, terminará nuestro trato. – Decía Mártir carcajeándose siniestramente. ¡Jajaja já!

Anita lloró al enterarse de que su madre vive y que Maklin es su hermana. Corrió a la casona donde estaba Rey, llamó a la puerta desesperada. Rey de inmediato se dio cuenta que se trataba de Anita y fue para ver qué pasaba.

- Rey estoy muy mal. —Dijo Anita lanzándose a los brazos de aquel quien por ella lo dejaba y lo daba todo.

- Ven chiquita. Dime, ¿qué puedo hacer por ti? —Dijo Rey, al sentirse privilegiado de ser importante en la vida de su siempre amada.

Anita le comentó todo lo que había sucedido en casa de 'Siete Lenguas'. Rey la consolaba mientras la abrazaba y de vez en cuando, le daba un besillo en la mejilla.

- ¿Te das cuenta? Eso significa que no estás sola, tienes familia y además adinerada. —Le decía Rey, mientras le tomaba la mandíbula, haciendo que ella lo viese y se diera cuenta de que era motivo de felicidad, porque existía una familia de ella.

- ¿Tú crees que me acepten? Soy una vulgar ladrona y tengo fama de fácil. Hasta ayudé a retener a mi hermana contra su voluntad en aquella horrible habitación. Nunca fui la querida de 'Siete Lenguas', él siempre me vio como a una hija de su sangre. —Le dijo Anita, provocando más dicha en el joven que estaría dispuesto a darle a su vida un giro de trescientos y tantos grados.

- Pero ni tú, ni ella sabían nada; aparte de eso Maklin es muy consciente, sé que entenderá todo y te aceptará con cariño. —Anita sonreía feliz, haciendo que este hombre también se sintiese feliz de ser parte de su felicidad.

- Gracias por escucharme, no sabía que eras tan buen amigo. —Dijo Anita, desilusionando a Rey, porque sólo lo veía como un buen amigo.

- No te has dado cuenta de mi amor por ti; desde que éramos niños te he querido, pero tú nunca me diste una oportunidad de demostrártelo. No te veo como amiga, te imagino como mi mujer, por ti estoy dispuesto a dejar todo este mundo asqueroso en el que me he metido por cobardía y haraganería. – Dijo Rey, consiguiendo que ella le guiñará un ojo, en señal de tal vez una oportunidad de demostrar lo que por ella estaba él dispuesto a hacer.

- ¡Ahora no! Mi cabeza no está para pensar en el amor. –Exclamó Anita, después de examinar su mente, y darse cuenta que tenía tiempo para poder amar.

Rey por primera vez se sintió feliz, había una esperanza y dijo: - ¡Lucharé para enamorarte! - Ya veremos, dijo ella y sonrió. Luego Rey se ofreció a acompañarla para que hablara con su familia.

- Tengo miedo. –Decía Anita, viéndose en los ojos de Rey, no cabía duda, si sentían algo el uno por el otro, y su tiempo para amar estaba cerca.

- No tienes porqué, todo saldrá bien. –Dijo Rey, tomando su mano y dándole seguridad a ella, y seguían viéndose en sus ojos.

En casa de 'Siete Lenguas'. Severiano y Bartolo se instalaron, pues se quedarían por un buen tiempo. Severiano y 'Siete Lenguas' tenían planes de recoger mucho dinero, ahora habían encontrado unas buenas minas: Esmeralda Fuentes, los García Manzanares, Joaquín Sarán y por último hasta Mártir.

- Para Mártir tengo el plan perfecto; le ayudaremos con la dichosa herencia y lo convenceremos de destruir a su hermano. Con Mártir en la cárcel nos apoderaremos de su dinero. – Comentaba 'Siete Lenguas', reunido con sus secuaces, bajo aquel techo donde vivía Anita, esta era la casa personal que había ganado hacer con tanto robo de aquellos a los que explotaba.

- Sí, nunca pensé que tuvimos en manos tan buen tesoro. –Añadió Severiano, mientras tomaba una copa de whisky.

- Tendremos, jefe; tendremos. –Decía Bartolo, como buen discípulo, alimentándoles la positividad, la fe de que si lo lograrían obtener lo planeado.

Anita decidió seguir en casa de 'Siete Lenguas' fingiendo no saber nada para así averiguar los planes de esos rufianes; mientras tanto buscaría la oportunidad de hablar con Maklin y con su madre.

Casona de 'Siete Lenguas':

'Siete Lenguas', reunió a los chicos y chicas para informarles que dejaría el grupo.

- Estoy viejo y haré otras cosas; además ustedes pueden solos, les dejaré la casona y sé que Rey será un buen jefe. –Proclamó 'Siete Lenguas', ante aquel enorme gigante grupo de chicos.

- ¿Yo? –Dijo Rey, fingiendo alegría, quizás era bueno porque nuevos vientos soplarían, y una revancha no se haría esperar de parte de todos.

'Siete Lenguas' dijo: - Sí, tú.

Para el grupo parecía que llegaba el final. Ahora sin el viejo tal vez —sólo tal vez— cambiaría su rumbo y algunos hasta dejarían las calles para siempre. Ahora comienzan las nuevas etapas, los cambios siempre serán para algo bueno y nuevo.

El Sauce. Mansión García Manzanares.

El falso Gerson estaba ansioso por obtener absoluto control de los bienes que correspondían a Gerson; temía que aquel apareciera y le dejaran en la calle.

- Abuelo, ya tengo suficiente edad y he estudiado bastante. —Le decía el impostor a su abuelo, y mirando a su abuela, como queriendo algo, por lo que los abrazaba a ambos.

- Pero hijo, ¿crees que me voy a morir ya? —Le decía Blas, mientras analizaba la ansiedad con la que éste quería apoderarse de la fortuna. Y a la vez éste decía en mente: - "Terminen de firmar y lárguense al infierno, viejos decrépitos".

Milvia no era tonta, era anciana si, sus años de estudios y su larga caminata por la vida la hacían ver que este no era su nieto; pero quería creerlo así: - Gerson hijito, tu abuelo ha sabido manejar muy bien nuestros negocios; además tienes mucho qué aprender aún.

"No puede ser", se decía el falso Gerson, "estos viejos son muy duros y necesito convencerlos antes de que sea tarde".

En la ciudad de San Miguel otro ambiente se manifestaba. Es que Joaquín decidió hablarle a Gerson sobre su origen y de la existencia de sus hermanos. Se citó con el chico en casa de Esmeralda por segunda vez, pero en esta ocasión las cosas serían diferentes, puesto que Anita también había decidido hablar con su madre y hermana. Tocan a la puerta, Maklin decide acudir, surge el encuentro de los espejos, ambas se ven y ahora si se puede ver que se parecen, aunque Maklin siga vestida de negro, Anita ya sabe que es su gemela, su gota de agua, su rostro en un espejo.

- ¿Tú? ¿Qué haces aquí? —Dijo Maklin señalando a la muchacha.

- Tranquilízate, vengo en son de paz. —Exclamó Anita.

- Mamá ven. —Llamó Maklin a su madre, el momento más cautivante para las tres mujeres había surgido.

- ¿Qué pasa hija? —Termino de decir Esmeralda, cuando vio a su otra hija, sin poderlo creer.

En ese momento Esmeralda llega hasta la puerta y ve a aquella muchacha que vestía ropas cortas, mascaba chicle y se movía como haciendo gestos de coquetería. Para Esmeralda fue hermoso, pues ella sí le notó el gran parecido con Maklin; la tomó de la mano y la invitó a pasar. Se creía ella segura que el milagro estaba a punto de completarse.

- ¿Mamá qué haces? No la conoces. –Decía Maklin.

Maklin quiso prevenir a su madre de que aquella muchacha intentó hacerle daño, pero Esmeralda no le dio chance, les invitó a la sala a ella y a Rey, de inmediato Maklin fue en busca de Gerson.

- ¿Qué pasa amor? -Dijo Gerson al escuchar los gritos de Maklin, que interrumpía en el estudio, aquella lectura que lo tenía muy concentrado.

- Son Anita y Rey, han venido por nosotros. –Agregó Maklin dando respuesta a la interrogación de su novio.

- No te preocupes, que yo te defenderé de quien sea. –Confirmó aquel enamorado. Fueron para ver qué querían aquellos dos.

- ¿A qué han venido? ¿Cómo dieron con nosotros? Nunca dijimos para donde íbamos. – Interrogó Gerson a los dos muchachos; "Anita y Rey".

- No te precipites amigo. Deja que Anita les explique. –Le dijo Rey a Gerson; mientras Gerson lo miraba con desconfianza y Anita no apartaba la vista de Maklin, por su lado Esmeralda, ya habían notado que las gemelas estaban juntas, al igual que algunos de los sirvientes, que se santiguaban, porque el Señor del cielo, había concedido el milagro que su patrona por años pidió con devota fe.

Anita quería abrazar a Maklin, se le notaba en la mirada, parecía que quería llorar.

Esmeralda se acercó a su hija, la abrazó y le dijo: - Habla hija. Te escuchamos. —Anita no sabía por dónde empezar; pues tenía mucho qué contar. Eran demasiadas cosas a la vez. Así que dijo: - ¡Sé que les parecerá extraño, pero...! -Empezó a llorar, Rey la reconforto y le dijo que todo estaría bien, que tenía ese derecho, que un día le fue negado. Esmeralda pidió le trajeran un vasito con agua, mientras la abrazaba. De repente llaman a la puerta.

- ¿Esperas a alguien mamá? —Preguntó Maklin habiéndose dirigido a su madre.

- Sí hija. Mi amiga y su novio quedaron de hablar con Gerson.

- ¿Con Gerson? —Exclamó Maklin.

- ¿Y ahora qué hice? —Dijo Gerson.

En ese momento Joaquín y Daniela fueron acompañados por la muchacha de servicio hasta la sala donde estaban reunidos   Esmeralda y los muchachos.

- Amiga, ¡encontraste a tu otra hija! Esto sí es un verdadero milagro. —Dijo Daniela, robando el momento, y evitando que Anita luchara, fue algo maravilloso porque las tres miradas se enlazaron.

- ¿Hija? ¡Hija! —Interrogó y exclamó Maklin, haciendo las dos cosas a la vez; mientras miraba con asombro a su hermana Anita.

- De eso he venido a hablarles, recién me enteré.—Les dijo Anita. Se les armó una alegría en esa sala, abrazos y besos por todos lados. Esmeralda no podía contener el llanto, que decía: - ¡Uuuuuun milagro! ¡El más grande de mi vida! ¡Tengo a mis hijas conmigo! Mientras las besaba, todas lloraban de alegría.

Daniela comentó: - Parece que hoy es un día de sorpresas. Joaquín tiene algo que decirle a Gerson.

- ¿A mí? —Dijo Gerson en interrogación, sorprendido, púes era la primera vez que a él le dirían algo importante.

- Sí, quiero hablarte de tu pasado y presente. —Añadió Joaquín, quizás trayendo un nuevo sol para este joven caballero.

- Ah, ya sé, te vinieron con el chisme; pero yo no quise hacerlo, me obligaron, además no me robé nada. —Se excusaba Gerson, pensando en que le habían hablado mal de su persona, al Sr. Joaquín.

- No, muchacho. A lo que me refiero es a tu origen; quiero decirte quién es tu familia. —Comentó Joaquín, con mucha alegría, momento en el que Gerson veía a Maklin feliz con su familia, quizás el también tenía una familia; así de feliz y amorosa.

- De eso también quiero hablar; sé de alguien que te busca y no es para nada bueno. –Le dijo Anita, llamando la atención de Joaquín Sarán.

Anita le contó a Gerson que conoció a su hermano mayor; le dijo que éste quería destruirlo. También le dijo que cuidará a Maklin pues aquellos rufianes estaban seguros de que ella les sería útil para el propósito de Mártir. Les explicó que se quedaría en aquella casa para así mantenerlos al tanto de los planes malévolos de aquellos. Joaquín se dio cuenta que para Mártir los planes de venganza seguían en pie, por lo que decidió callar la existencia de los abuelos de Gerson. Se lo diría hasta que Mártir estuviera completamente imposibilitado de hacerle daño.

- ¡Un hermano! Con lo qué he anhelado una familia. –Se expresó Gerson ante todos.

- También tienes una hermana a la que debemos buscar. – Le agregó Joaquín, cosa que Gerson sintió como un motivo más para seguir positivo en la vida, y seguir más vivo que nunca.

Lo que si le dijo Joaquín a Gerson fue de la dichosa herencia.

-¿Para qué herencia si mi hermano me odia por eso? Que se quede con todo. –Replicó Gerson, si el dinero era causa de enemistad, que se lo dieran a quien lo peleara; pero que él no peleaba por dinero.

Joaquín le advirtió a Esmeralda que se llevaría a Gerson consigo, que lo mejor era cuidarlo personalmente, ya que esa había sido su misión después de la muerte del padre del muchacho. Así Gerson tomó lo poco que tenía y se marchó a casa de Joaquín y Daniela. Anita por su parte regresó a casa de 'Siete Lenguas' con la intención de monitorear cada movimiento del barbaján.

- Hija me parece muy arriesgado, no quiero que te pase nada malo. −Dijo la madre de Anita, por un tiempo más seguiría orando porque su hija estuviese cobijada por la bondad del Señor.

- Es lo mejor mamá, así podré protegerte a ti y a mi hermana. −Le respondió la chica, segura de qué estaría bien.

Durante unos meses las cosas parecían tranquilas pero todo era porque Mártir y quienes lo ayudaban estaban esperando el momento de actuar. Sería un golpe perfecto para 'Siete Lenguas' y Severiano; con tanto dinero, juntos planeaban huir del país. En esos planes Mártir sería el principal afectado.

Resultó que 'Siete Lenguas' era un abogado que llegó a ese país huyendo de la Interpol; él tenía cuentas pendientes en los Estados Unidos de América. Grandes desfalcos habían bajo su nombre y esta vez tendría que buscar un país donde no se permitiera la extradición. Y era llamado aquí como 'Siete Lenguas', por el detalle de que sabía hablar siete idiomas y de igual forma tenía siete identidades con las que delinquía sin dejar rastro alguno.

- ¿Entonces cuál es tu verdadero nombre? —Le preguntó el viejo Severiano, tratando de indagar en la vida personal de este malvado.

- Eso no te lo diré por ahora, lo usaré una última vez y será sólo para quedarme con el dinero de ese estúpido de Mártir, que se cree inteligente y malo; mas no sabe que lo destruirá su propia cabeza. Claro, con un poquito de mi ayuda. ¡Jajajajá! —Planes perversos tenía 'Siete Lenguas', quien jugaría más sucio que la suciedad, sin importarle pisotear a sus cómplices.

- Nuestra querrás decir. —Apuntó con el dedo, como diciéndole, ojo con ser la copia de judas, un traidor más.

- Sí, sí, nuestra. —Dijo el tramposo 'Siete Lenguas', haciendo que Severiano se confiara.

Anita visitaba la mansión constantemente, se había formado una linda amistad entre madre e hijas; también Rey cortejaba a Anita.

- ¿Anita, cuándo le darás chance a Rey? —Le decía Maklin a su hermana Anita, mientras se sonreían las dos, platicando como si nunca hubiesen estado separadas, y su madre las veía como en un sueño hecho realidad.

- No sé. Hace mucho tiempo olvidé lo que significa amar a alguien. —Decía Anita, dándole respuesta a la interrogante de su hermana.

- Pero le haces caso a ese viejo feo. –Preguntó Maklin.

- ¿Sabes? Nunca he estado con alguien, quiero decir en la cama. –Anita confesó ser virgen hasta ahora.

- ¿Entonces por qué decían lo del viejo?

- Yo lo inventé porque era la mejor forma de protegerme de los muchachos. A la mujer del jefe no le harían daño, no se meterían en problemas con él, por eso lo dije.

- ¿Ya se lo dijiste a Rey? –Le preguntó Maklin.

-¿Para qué? Si se lo creyó antes es porque me cree una mujer fácil.

- Yo no pienso así, creo que él te ama de verdad.–Añadió Maklin, alimentando los sentimientos de Anita, para con Rey.

Casa de Mártir y Kassandra:

Mártir regresaba a casa. Kassandra le sirve la comida y él le dice a su hijita que se vaya a la cama; que ha sido un día muy pesado y mañana hay que trabajar. Kassandra lleva a la nena a su cuarto; cuando regresa con su esposo ella le pregunta sobre sus suegros. Hecho que lo enoja, y evadiendo el tema le dice que hay cosas más importantes de qué hablar. Kassandra, empieza a sospechar que su esposo le oculta algo importante, al parecer el secreto de Mártir podría descubrirse.

El Sauce, orfanato.

Mientras en el orfanato —aquella casa hogar en la que Gerson creció— se daba paso a otra escena: Alberta maltratando a los infantes nuevos.

El orfanato cada año era inspeccionado por el gobierno y Alberta, con tal de no perder su puesto como directora, amenazaba a los niños con viles bajezas. Advirtiéndoles que si decían algo malo en contra de ella, los golpearía y además los castigaría muy duro. Pero los niños vieron que ya era tiempo de que Alberta quedará al descubierto, por lo que planearon darle una buena lección. Prepararon una cubeta de agua y le revolvieron harina y levadura, la colocaron en la puerta de la oficina para cuando Alberta la abriera le cayera en la cabeza. Mientras los ministros del gobierno hacían los análisis de estadísticas del orfanato, Alberta los llevó a la oficina para darle los balances y las galerías de fotos de los niños nuevos. Cuando Alberta abrió la puerta le cayó la cubeta de agua sobre la cabeza, quedando aquella como una momia café, claro; y presa de su furia incontenible. Ofendió a los niños, diciéndoles: "Malditos, estúpidos, ¡me la van a pagar muy caro!". Cuando los señores del gobierno vieron lo sucedido se dieron cuenta del tipo de educación que recibían los niños. Entonces, Alberta les dijo, discúlpenlos, a veces los niños son bromistas y hacen cualquier grosería.

Los señores se retiraron del orfanato y cuando ya no había visitantes Alberta castigó a los niños con un cinturón, a uno por uno.

Por su parte, Rey quedó al cargo de la casona donde 'Siete Lenguas' explotaba a los inocentes e indefensos. Ahora este nuevo líder, los educaba, junto a la bella Anita; los estudiaba, y recordaban a Gerson que siempre leía su pequeño testamento y ahora tenían una biblia, que era la cual noche a noche Anita y Rey leían después de impartirles clases, y así era el nuevo sol.

CAPITULO III - La Navidad.

"Cómo pasa el tiempo tan rápido" —decía Esmeralda— "Me parece que fue ayer que estábamos en esta sala hablando de mi otra hija, cuando llegaste tú, mi pequeña Anita. Y hoy míranos; las tres juntas adornando este árbol de Navidad. Es la primera vez que hay uno en esta casa desde que ustedes nacieron".

- Mamá no hablemos de cosas tristes. —Le decía Anita, sonriéndole, mientras adornaban el bello enorme árbol navideño.

- Sí mamita, esta fecha es la mejor de mi vida y creo que para mi hermanita también. —Dijo Maklin significativamente, sonriéndose las tres se abrazaron, después de hacer un círculo de energía positiva diciendo, "Sonreír es mejor".

Parecían dos niñas chiquitas jugueteando con su madre. De pronto la muchacha de servicio anuncia la llegada de Joaquín, Daniela y Gerson.

- ¡Ay! Ya llegó mi príncipe. —Exclamaba gozosa de alegría, mientras se le lanzaba en brazos de aquel a quien tanto amaba.

- ¿Será el príncipe sapo? ¡Jajajá! Que desde mi estadía en casa de Joaquín y Daniela, he aumentado de peso. —Realmente Gerson lucía más saludable, fuerte, más atractivo, mejor vestido, y más refinado, igual sucedía con Maklin y Anita, estaban más cultas y llenas de felicidad.

Todos reían alegres, mientras hablaban de nuevos propósitos para la llegada del nuevo año.

- Mamita. ¿Qué dices de acompañarnos a cenar con Rey hoy en la noche? -Anita pedía licencia para traer a Rey a compartir esta noche con ella.

- Por supuesto hijita, esta es tu casa y puedes traer a quien desees. –Le respondió su madre, muy contenta.

Gerson y Maklin se reían de Anita, mientras le decían: - ¡Uy! Parece que Cupido va muy bien.

- Sólo es mi amigo, eh. –Se reían de Anita, mientras Maklin dijo; - Así empezamos nosotros y míranos ahora.

Daniela conversa con Maklin, a solas en el jardín, dejaron a los demás terminando la decoración del árbol:

- Maklin, ¿por qué tú siempre usas el color negro para todo? ¿No te han dicho que ese color es de mala suerte? –Daniela trataba de indagar qué razones tenía Maklin para vestir de negro, aun siendo muy feliz, ¿Por qué usarlo si ya la mala suerte se había ido? Quizás nadie entendería a Maklin, ni ella misma, sólo decía que le gustaba el color.

Maklin le dijo a Daniela: - Me identifico con este color, es mi favorito.

- ¿No has pensado en cambiar un poco? – Le propuso Daniela a la hermosa chica, aún vestida de negro, con aquel hermoso vestido, que a pesar de ser negro, era precioso.

- La verdad no, pero cuando me case tal vez. Además mi vestido de novia será blanco. –Le dijo Maklin, quien toda una vida había vestido el negro de penas en el alma.

El Sauce, antiguo Primer Orfanato:

Al parecer a Alberta la navidad la ponía un poco melodramática y sentimental. En el salón de clases les contaba a los chicos sobre aquellos adolecentes que estuvieron con ella hace ya más de una década. Mencionaba sus nombres y como que bajaban una que otra lagrimilla por sus mejillas. Pero después de un rato volvía a ser la misma Alberta de siempre.

- ¡Cállense! Ustedes son unos despojos de la vida, son unos estorbos; por eso sus padres los regalaron. –Les gritaba a medida los regañaba sin compasión.

Ximena, una de las nuevas niñas le decía: - Señora pero si mis papitos murieron, no me regalaron.

- Para el caso da lo mismo, murieron de decepción al saber que tú eras su hija, una hija estúpida, inútil, inservible y metiche.

- ¿Para qué estamos aquí señora? –Le preguntó Lucy, una pequeña morena que era de las más nuevas en el orfanato.

Alberta que no tenía sentimientos, le contestó: - Aquí están para ser hombres y mujeres de bien, para el mañana.

Pero los niños decían. - ¿Cómo señora directora? ¿A caso pasando por encima de los demás? Así trataba ella a los chicos y chicas, con groserías. Después de tanto hablar y recibir también de ellos malas respuestas, los sancionaba, enviándolos a limpiar todo, hasta las celdas de castigo.

Cuidad de San miguel, en casa de Sonia.

Sonia conversaba con su hija, quien la estaba llegando a visitar en compañía de la nieta: - Hola mi amor, ¿cómo te va? – Kassandra le contestaba: - Muy bien, mamá. Mira a quién te traje. Sí, a Shelsy Rubí, ya está grande y muy preciosa.

-        Sí hija, se parece mucho a mí yerno. – Expresaba Sonia, mientras cargaba en brazos a su nieta.

- Si tú vieras como se llevan padre e hija. Es una alcahueta, quiere más al pícaro de su papá. – Comentaba Kassandra a su madre, quienes reían con la pequeña.

Mansión Fuentes.

Jésica y Gerson hablan, ella le contaba sobre su vida.

- Noto tristeza en tus ojos, ¿quieres contarme que te pasa? —Le dijo Gerson, pues quien ha experimentado muchos pesares, sabe reconocer tristezas.

- No, todo está bien. —Dijo Jessica volteando su mirada al cielo, mientras paseaban por el área de la piscina.

- Claro, no me tienes confianza y lo entiendo, pues no me conoces.

Jessica lo tomó de las manos y de pronto empezó a llorar y a contarle. - ¡Fue algo horrible, traumatizante! Yo era una niña de once años, mi supuesto papá me quería matar porque yo era hija de un amante de mi madre. Para evitar que eso pasara decidí huir. Vivía en la ciudad de Santa Rosa de Lima, pedí dinero para el transporte de autobús que me llevara a donde fuera; así llegué a la ciudad de San Miguel. Anduve noches y días caminando sola, llorando, preguntándome qué había hecho mal para merecer la muerte. ¿Por qué alguien deseaba mi muerte? Con la idea de encontrar un lugar donde dormir llegué hasta las afueras del mercado.

- ¡Wow! Casi hemos sufrido igual. —Le dijo Gerson, mientras le sujetó la mano.

- ¡Sí! Pero la diferencia es que ustedes tienen familia —y millonaria— en cambio yo no sé si mi madre aún vive. Bueno, después se hizo tarde y no tenía a dónde ir; ahí apareció la señora Esmeralda, bajaba de un coche, su chofer le abría la puerta. Me dije: ¿Cuándo seré yo así? Qué irónica es la vida, ¿verdad? —Comentó Jessica.

Gerson preguntó. - ¿Y qué pasó?

Jessica le contestó de inmediato. - Yo me acerqué para pedirle dinero, pensé que ella tendría mucho. Cuando me miró extendió sus brazos tiernos y llenos de amor, me llamó hija y me subió a su coche, hasta el día de hoy no me ha dejado sola.

- ¡Qué buena es mi suegrita! —Le decía Gerson a Jessica, mientras sacaba su pañuelo que traía en el saco de vestir, secaba las lágrimas que corrían por las mejías de aquella joven muchacha.

- Sí, mejor madre no podrán tener Maklin y Anita. —Le dijo Jessica a Gerson, regalando una sonrisa y un agradecimiento.

Por la noche Mártir iba camino a casa, de pronto una vecina le salió y le dijo. − "¡Hola, Mártir!" El se quedó mirándola de pies a cabeza y le contestó:

- Hola, muñeca. —Dijo Mártir mientras sus ojos no podía quitarse de las caderas de aquella hermosa dama.

Aída, era como se llamaba la atrevida, que no se detuvo en averiguar el estatus civil del hombre, preguntándole. - ¿Eres casado?

Y él, por supuesto que no negó serlo, agregando su respuesta. - Sí mami, pero eso no es malo, ¿o sí? Estoy adieta; pero no significa que no pueda ver el menú y darme un antojito de vez en cuando.

Aída, muy atrevida, muy sensual ella, le dijo. - No. Además no te quiero para marido, mi vida, las aventuras con hombres casados son mis favoritas.

- ¿Ah sí? pruébamelo. –Le pidió Mártir.

- Pasa y lo verás. –Le respondió ella, sin titubeos.

Aquellos entraron y dieron rienda suelta a una sucia traición, se entregaron uno al otro bajo la oscura noche.

Semanas después.

Maklin y Gerson preparan su boda. En tan solo seis meses serían marido y mujer. Mientras hablaban y sonreían Daniela les contaba una historia de amor. Les decía que un amor tan fuerte como el de ellos dos, sería para toda la vida y aún más allá de ella.

En casa de Mártir.

Era muy temprano aún, Kassandra preparaba el desayuno. A ella le gustaba atender personalmente a su hija y esposo. Apenas anoche le había dicho a su esposo que se hizo una prueba de farmacia y parecía que estaba embarazada nuevamente. Éste a su vez le dijo que era una gran noticia, pero que visitara al médico para asegurarse de que todo estuviera bien. Mártir estaba en el baño cuando justo suena su celular.

Kassandra no acostumbraba chequear a su marido, pero esta vez se le ocurrió mirar al teléfono, el cual decía "llamada entrante de Aída". Cuando él salió del baño le dice su esposo. - Amor, tu celular timbró varias veces. ¿Por qué no miras quién te necesita con tanta urgencia? El chequea su teléfono y le contesta: - No te preocupes amor, era el guardia de seguridad de la oficina, ahorita le regreso la llamada y lo mando para la m... Se alejó lo suficiente para evitar que ella escuchara la conversación y entonces marcó de regreso.

Pobre Kassandra, recién le había dicho a su mamá que creía estar embarazada nuevamente. Ahora apenas empezaba a conocer un poquito del verdadero Mártir.

En casa de 'Siete Lenguas'.

Severiano y Bartolo parecían parásitos, comían y bebían; pero no aportaban nada y eso ya tenía disgustado al viejo 'Siete Lenguas'.

- ¡Qué bonitos! Hasta más gorditos los veo. – Les comentó con ironía 'Siete Lenguas', a Bartolo y su jefe Severiano.

- Creo que el ambiente de la ciudad engorda. – Dijo Bartolo, mientras seguían alimentándose.

- No, yo pienso que son los frijoles. –Dijo Severiano, mientras se llevaba a la boca un sorbo de licor.

- ¡Frijoles les voy a sacar por los ojos si no aportan a la casa! Ni cuando tenía a todos aquellos niños me salían tan caros como lo son ustedes dos. – Les dijo 'Siete Lenguas', estando muy irritado con ellos.

- Amigo 'Siete Lenguas', comprende que ahorita no tenemos dinero, pero pronto tendremos de sobra. –Le decía Severiano desvergonzadamente.

- Ni para sobra servirán ustedes, si siguen tragando tanto y si no hacen algo, para la noche no cenarán aquí, ¿estamos? –Advirtió enfadado 'Siete Lenguas'.

Así que a Bartolo no le quedó más remedio que ir a las calles para ver qué conseguía, pues el viejo Severiano sólo para estorbar servía.

Por otra parte 'Siete Lenguas' estaba empezando a sospechar de Anita, pues ella salía muy temprano y regresaba tarde a casa, así que la esperó para hacerle algunas preguntas.

-Siempre he sido de esta manera, ¿por qué me cuestionas ahora? –Le dijo Anita contestando al interrogatorio de su protector.

- Lo sé, sólo que ahora eres muy callada y sales más temprano de lo que acostumbrabas. ¿Tienes novio? –Cuestionó 'Siete Lenguas' a la joven, tratando de averiguar si tenía algún romance.

- Realmente no. –Dijo ella, excusándose con que solía ir ayudar a cambio de unos centavos más para su ahorro personal.

Lo que si había notado 'Siete Lenguas', era que Anita se veía sonriente, como si algo la mantuviera feliz; antes ella no era así.

Por la mañana del día siguiente Mártir visitó la casa de 'Siete Lenguas':

- ¿Y ahora qué? Dinero no les daré hasta que me entreguen lo que les pedí. Además, ¿no era que ya tenían un plan? —Cuestionó Mártir a los tres malévolos.

- Tengo la solución para que todo el dinero sea tuyo. —Expresó 'Siete Lenguas', cuando se dirigió a Mártir.

- ¿De qué hablas? Sin trampas, yo no juego así. —Replicó Mártir, presintiendo que ninguno le jugaría tan limpio, después de todo eran delincuentes de la más baja ralea.

- Tranquilo muchacho. Ni que fueras un santo. Escucha y después opinas. —Proclamó 'Siete Lenguas', cosa que Severiano y Bartolo pensaron que el viejo de las siete lenguas, era muy astuto y enredador.

'Siete Lenguas' le dijo a Mártir que él era abogado y de los "chuecos", pero bueno. Era cosa fácil para él falsificar documentos que le dieran el absoluto poder de toda la fortuna de su padre.

- ¿Quieres que te diga algo? Con lo que me dejó mi madre y lo que yo he hecho, he aumentado mi capital, tengo para vivir el resto de mi vida y la de mi familia como reyes; así que no me hables de dinero. —Mártir no tenía tanto interés en dinero sino en desahogar rencores que pudrieron su corazón.

- Pero muchacho, ¿no es eso lo qué quieres? ¿Qué demonios quieres? —Preguntó 'Siete Lenguas', como molesto con la respuesta de Mártir.

- A Gerson lo voy a matar con mis propias manos, no es solo la herencia lo que me importa, es vengar la muerte de mis padres. —Le gritó violentamente Mártir a 'Siete Lenguas', a quien no le gusta que ni si quiera le levanten la mirada de mala forma, Mártir, sin querer se había ganado múltiples enemigos. La discusión se volvió acalorada cuando 'Siete Lenguas' añadió; - Mártir, a mi no me gritas, no ha nacido el cerdo asqueroso que va a gritarme, el último que me gritó, ya se encuentra entre la panza de los cuervos, imbécil, el maduro aquí soy yo, la experiencia la tengo yo, basta, resínate, tu padre fue un zorro, y tu madre la cornuda del siglo veintiuno, ¿y qué vas hacer matando a Gerson? ¿Vas a revivir a tus padres? ¿Desaparecerán los cachos de la cabeza de tu madre? ¡No! ¡Cuidadito conmigo, estupidito! —Por primera vez Mártir aceptó su error y se disculpó con 'Siete Lenguas', Severiano y Bartolo, no podían creer el carácter que tenía el vejete que los mantenía ahora a ellos dos, mas les valía respetarlo.

Para 'Siete Lenguas' era un reto convencer a Mártir, pero él estaba seguro de que tarde o temprano lo lograría. Por el gran odio que llevaba dentro el muchacho, no tardaría mucho para confundirlo.

Kassandra sorprende a Mártir haciendo una llamada telefónica.

-¿Cuántas veces te tengo que decir Aída, que a mí casa no me llames? Sí, te veré hoy. —Le decía, observando para todos lados, cuidándose de no ser visto por su amada esposa, quien ya lo había cachado en sus mentiras.

Mártir no se percató que su esposa estaba cerca, entonces habló con confianza. Después de escuchar la conversación, Kassandra fue a su habitación y ahí lloraba.

- ¿Por qué lloras, Kassandra? —Dijo Mártir, mientras entraba a la recámara y se acostaba con ella, abrazándola, Kassandra no responde y él se acerca más con intención de besarla.

- Tú a mí no me toques, jamás en tu vida me vuelvas a tocar. ¿Con quién hablabas? —Ella no pudo ocultar haber escuchado la conversación de su marido con la otra.

- ¿Por qué preguntas eso? —Le respondió Mártir con otra pregunta.

-Sólo dime la verdad. —Suplicó Kassandra a su marido.

- ¿Qué te pasa? ¿Estás así sólo porque no vine a dormir anoche? ¡Aquí estoy, mírame! -Gritaba Mártir a puertas cerrada en aquella habitación matrimonial.

- ¿Qué no te has dado cuenta? —Preguntó Kassandra a su esposo.

- ¿Qué pudo haber pasado en una noche que no vine? –Le respondió muy molesto.

- ¿No sabes qué pasó? ¿No verdad? ¿Acaso, no me has visto como estoy? –Le recriminaba su esposa al malvado.

- ¿Que cómo estás? Veo que estás sentada en la cama. –Le respondió él, irónicamente, sin notar que había perdido al bebé que esperaba.

- ¿Quieres saber lo que me pasó? –Cuestionó ella a su esposo.

- Dímelo y dejemos de discutir. –Le dijo Mártir, cansado de la gritería.

- Perdí a mi bebé. –Le dijo ella, envuelta en lágrimas.

-¿Cómo pudiste? –Mártir le da una bofetada.

- Tuve un sangrado de repente y todo fue tan rápido que no me dio tiempo de llamar a un doctor. –Le dijo ella, llorando y tendida en la cama tras recibir aquella bofetada.

- ¡Lo hiciste a propósito...! ¡Esto lo pagarás! –Él la acusaba de aborto, se sale de la casa y va en busca de su amante.

Mientras tanto, Kassandra va a casa de su madre.

- Hija, mi cielo, ¿cómo estás? No me digas qué te volviste a pelear con tu marido. –Le dijo ella viendo a su hija triste, comenzaba la etapa del infierno para

Kassandra, sin imaginarse que la lava infernal se desbordaría sin límites.

- No mamá, es que mi marido tenía una reunión en casa de unos colegas de trabajo del despacho político. Eso me dijo, y yo pues quise llevar a Shelsy por unos helados. Ya hace rato habíamos llegado a tu casa, pero tú no estabas. –Mentiras y más mentiras le decía a su madre, cosa que Sonia no se tragaba y quería la verdad.

- Ah, es que fui a ver al padre César. Pero ven acá muñequita, dale un beso a la abuela y ve a mí cuarto a jugar con las muñecas. –Le dijo a su nieta abrazando, dándole un beso y una nalgadita.

- Sí, pedazo de luna. ¡Voy a tu cuarto abuelita! –Le dijo la preciosa niña. Sonia y Kassandra se sonríen y se van a la sala de comedor para conversar.

- ¿Qué pasa hija? A ti te conozco muy bien. – Le hacía conversación mientras le servía un té a su hija.

- No sé si estoy mal, pero… -Se quedó con ganas de decir la verdad ante su madre.

- Hija, dime. –Sonia le pide confianza a su hija.

Kassandra le cuenta a su madre de que tiene la firmeza de que su esposo le está siendo infiel. - Estoy segura de que Mártir tiene otra mujer.

- ¿Por qué lo dices? –Le pregunta su madre ante tal confesión.

- Sospecho que mi marido tiene una amante, porque recibe llamadas telefónicas de una tal Aída. — Ella le presentó bases a su madre, exponiéndole el nombre de una mujer llamada Aida y entre otras cosas que ella le había cachado a su esposo, entre eso muchas mentiras.

Sonia sintió que le ardía la sangre cuando miró el rostro de su hija marcado por un bofetón que había recibido de parte de Mártir. - Hija no permitas que te pegue, sabes que esta es tu casa y la de mi nieta, nunca lo olvides. Ya no estamos en la época donde se tiene que aguantar al hombre porque es el cabecilla de la familia, no amor, esta es tu casa, te lo reitero, por si lo olvidaste. —Le daba apoyo a su hija, la abrazaba consolándola, mientras aquella lloraba, sin presentir hasta donde podría llevarle la vida a Mártir.

CAPITULO IV

El tiempo sigue su paso; pero para Gerson y Maklin era una eternidad, pues ya querían casarse. Mártir y sus cómplices no hacían nada por lo que se les pudiera llevar a las autoridades. Todo estaba muy calmado y en casa de Esmeralda parecía que la boda sería la bomba del año; no hacían más que hablar de eso. Ya hasta recibían ofertas de revistas y televisoras comprándoles la primicia.

Maklin se encontraba en la sala, reunida con todos los seres queridos, incluyendo a su novio, que había llegado de visita con el abogado y la prometida. Maklin decía; - Quién diría amor, que tú y yo después de que pensábamos como ahorrar para nuestra boda, hoy estamos pensando en la casa que nos regalará mi mamá.

- Sí, mi vida. Parece una fantasía todo lo que nos ha sucedido en tan poco tiempo. Más bien parece la mejor utopía. –añadía Gerson, ante la felicidad.

Pero para Gerson aún faltaban sorpresas. Es que debido a sus planes de boda Joaquín decidió hablar con sus abuelitos; así que hizo viaje para el pueblo.

Mansión García Manzanares:

Joaquín se presentó acompañado de dos agentes de policía y una orden judicial contra el falso Gerson, quien en realidad se llamaba Marcelo. Les solicitó a los señores de la casa permiso para hablar con el muchacho y con ellos.

- Hay algo que deben saber. —Les dijo Joaquín a los dos ancianos.

- ¿Qué sucede? ¿Qué quieren con nuestro nieto? —Expresó la anciana, que no podía creer que hubiesen policías en su casa.

- Habla Joaquín. —Dijo Blas, pues él quería las cosas claras.

- Lo que pasa es que su nieto no es en verdad su nieto. —Marcelo, había dejado de ser Gerson, ya no sería más el impostor vividor.

- No entiendo, explícate. —Le agregó Milvia, en estado de desconcierto.

- ¿Por qué dices eso? —Le preguntó también Blas, a Joaquín.

- Su nieto Gerson García vive conmigo y aquí tengo las pruebas; además traigo una orden judicial para proceder contra este impostor. —Señaló Joaquín, viendo a Marcelo, que no decía ni 'pio' para defenderse.

- ¡No puede ser cierto! ¿Pero por qué? —Dijo el anciano Blas, mirando a su nieto postizo.

- Alberta por ambiciosa los engañó. —Joaquín les explicó a los ancianos.

- ¡Qué alma de mujer! –Dijo Milvia, al momento de santiguarse.

- ¿Cuál es tu nombre muchacho? – Se dirigió Blas, viendo a su postizo nieto.

- Marcelo, sin apellido; pero yo era un niño, todo fue obra de Alberta. –Se defendía aquel, quien en realidad acusaba a la culpable verdadera.

- ¿Qué tontería es esa? Tenías conciencia de tus actos. –Le dijo Blas, recriminando su mala conducta.

- Y ahora eres mayor de edad, así que se te aplica la ley. –Le dijo el abogado Joaquín, sólo que los cargos deberían ser levantados por los dos ancianos.

- ¡Por los clavos de Cristo! –Exclamó Milvia, asombrada.

¡No, la cárcel no! –Suplicó el chico arrodillándose ante los ancianos, para que estos tuviesen clemencia de él.

- Escucha muchacho, si colaboras con nosotros me encargaré de que no presenten cargos en tu contra. –Le propuso Joaquín, para conseguir la caída de una de las perversas almas, como lo era Alberta.

- ¿Qué debo hacer? –Preguntó de inmediato el joven.

- Decir lo que sabes de Alberta y por supuesto no advertirla a ella. –Le dijo Joaquín, teniendo por testigo a las autoridades sauceñas.

De ese modo Joaquín desenmascaró a Alberta y a Marcelo ante los García Manzanares.

- Pero mi nieto, ¿cuándo lo veré? —Preguntó Milvia dirigiéndose a Joaquín.

- Por ahora no. En un par de semanas les llamaré, cuando él esté fuera de peligro. —Confirmó Joaquín a Blas y Milvia, pues Gerson corría mucho peligro aún.

- ¿De qué peligro hablas? -Pregunto el abuelo de Gerson.

Joaquín les habló de Mártir y sus intenciones para con Gerson, ellos entendieron y esperaron a la señal de Joaquín.

Kassandra, sigue en casa de su madre.

- ¡Dios! ¿Dónde quedó la felicidad de hace unos días, la felicidad de hace años? ¿Dónde? Yo pensé que él era mi tranquilidad. Jamás pensé que me golpeara. Llorando, se dirigía a su madre, mientras le decía; - ¿Qué hice Dios?

- No hija, no juzgues a Dios, Él no es culpable de nada. —Sonia presentía que algo más grave venía tras la historia de Mártir.

- Mamá, lo que fue ayer, hoy ya es nada. —Seguía llorando desconsoladamente la pobre esposa de Mártir.

-¿De qué hablas?   - Le preguntó Sonia, intentando indagar en los sufrimientos de su hija.

- Mi hijo, madre. Él murió. –Le contaba a su madre y seguía llorando y desahogándose. – Además creo que mi esposo tiene negocios turbios, pues a veces habla con gente extraña y se esconde para que yo no lo escuche. Ahora está menos en casa y hasta maltrata a mi hija. Mamá, por alguna razón a veces he despertado a media noche, he escuchado que entre sueños dice buscar a unos hermanos, a los cuales cuando encuentre mataría, tengo miedo mami. ¡No sé quién es mi esposo, realmente! –Expresaba en tono de miedo Kassandra, mientras un escalofrió recorría el cuerpo entero de Sonia, presentimientos llegaban a su mente, de sus manos se le había caída aquella taza de té, que tomaba en compañía de su hija. Sonia en su mente se decía – "¡Que la desgracia de mi hija no se enamore!"

- Mañana, cuando él no esté, llámame, iré y te ayudaré a buscar entre sus cosas algo que te saque de dudas para bien o para mal. –Le dijo Sonia; pero lo que no comprendió Sonia, que a veces buscando lo que no se nos perdió podemos encontrar lo que no queremos en ver o saber en realidad.

Exactamente eso pasó por la mañana del día siguiente. Mártir salió temprano, Kassandra llamó a su madre y esta acudió. Buscaron entre las cosas que tenía guardadas en los cajones del escritorio. Sonia encontró unos papeles que pertenecían a Alfonso Riva de Negra, difunto padre de Mártir. – "¡No puede ser!" - dijo Sonia – Me acordé que tengo una cita importante. Luego te hablo hijita. Pero mamá, dijo Kassandra - ¡Qué extraño, nunca había hecho algo así!

Sonia se fue muy angustiada. - ¡Dios! Que no sea verdad lo que pienso, ¡no, Mártir, no! Se propuso investigarlo. —Aquella mujer había encontrado lo que no le gusta, y lo que podría resultar de su hallazgo podría ser aberrante y mortal, los sueños que su hija le contó, donde Mártir, decía estar buscando hermanos para matarlos, podrían convertirse en realidad y su hija podría irse entre las patas, y la sola idea de tal cosa, tenía a Sonia destrozada.

Mansión Oreiro.

En casa de sus difuntos padres, Mártir —vía telefónica— habla con 'Siete Lenguas':

- ¿Qué diablos dices? Ay no, es que ese inepto se echa a la bolsa a cualquiera con facilidad. Con esa carita de muerto de hambre. Pero, y ustedes qué esperan para secuestrarlo. Como tú quieras, pero pon en marcha el plan. —Dijo Mártir, ordenando sus planes con precipitación, presintiendo que ya le estaban pisando los talones.

En casa del 'Siete Lenguas'.

Severiano y sus amigos planifican el golpe maestro contra Gerson. - Primero hay que matar a ese Lic. Joaquín, de lo contrario seguirá estorbándonos. Ahí mismo me voy a desquitar de las burlas de ese Gerson y de su novia. —Decía Severiano, estudiando el golpe maestro, donde se le daría paso al magistral momento más esperado por Mártir, como por Gerson y Maklin.

Pueblo El Sauce.

Mientras Alberta —en el orfanato Santa Úrsula— está planeando que si sus insospechables maldades fueran descubiertas, huiría por el primer puerto del departamento de La Unión, y sé iría por agua hasta Honduras, al puerto de Roatán.

Mansión Fuentes.

Catorce de febrero, día de los enamorados. Hoy Gerson y Maklin cumplen un año más de noviazgo. A pocos meses de su boda Maklin estaba esperándolo para celebrar como todos los años. Sólo que Gerson esta vez se había tardado en llegar —y peor aún— ni siquiera le había llamado. Maklin estaba en su habitación, recostada a la ventana que da a la calle, con su rostro triste y sus ojos llorosos. Vio la silueta de un hombre que llegaba, de inmediato lo reconoció, era Gerson. Corrió, bajo las escaleras y fue hacía la puerta.

- ¿Por qué corres, Maklin? ¡Ah, ya me imagino! —Le dijo su madre, al verla pasar como hoja que lleva el viento.

Jessica, que también llegaba a casa le dijo: -Niña, a ti yo te conozco, muévete de la puerta para que yo pueda entrar.

- Ay, disculpe usted. –Dijo Maklin, al ver que quien llegaba era Jessica, aunque ella estaba más que segura a ver visto llegar a Gerson.

- ¿Pasa algo hija? –Le preguntó su madre a Maklin.

- ¡Pensé que era... él! –Se da la media vuelta para cerrar la puerta, decepcionada porque Gerson no llegaba. Le detienen la puerta y le dicen: - ¿Me privarás de tu belleza esta noche? –Le dijo Gerson, mientras sus ojos brillaron y le dijo ella -¡Ay, grosero! Pensé que te habías olvidado de mí.

Gerson le llevaba unas flores hermosas, chocolates y un anillo de compromiso junto con una botella de champagne, muy fino.

- ¿De qué se trata todo eso? –Inquirió la madre de Maklin.

- Gerson y yo cumplimos un año más de noviazgo. –Respondió Maklin, a la inquietud de su madre.

- ¡Felicidades muchachos! Perdonen que no celebre con ustedes, pero me comprometí a tomar el té con mi amiga Daniela; así que voy para su casa. –Les dijo la señora saliendo con afán, llevándose sólo su bolso y las llaves del auto, claro está que había saludado con un beso a Gerson y también se había despedido al mismo tiempo de los enamorados.

- No te preocupes mamá. –Le dijo Maklin a su madre.

Los muchachos celebraron con el champagne y después que se terminaron la botella Maklin le propuso a Gerson subir a su habitación. Ahí se entregaron por primera vez uno al otro, sin medir las consecuencias.

Al día siguiente Gerson amaneció en la cama de Maklin.

- ¡Ay! Si tu mamá me encuentra aquí de seguro me mata. −Exclamo viéndose desnudo bajo aquellas sábanas y entre sus brazos estaba su amada novia.

- Pronto por la ventana que todavía ella no se levanta, vete antes de que alguien te vea. −Le dijo Maklin a Gerson, lo hizo vestirse y salir por una ventana, como cual fuera un ladrón irrumpiendo a la media noche.

Gerson salió por la ventana, corrió por los jardines que daban a la calle y sin ser visto, se marchó. Poco tiempo después Esmeralda desayunaba junto a sus hijas, con un tono curioso le preguntó a Maklin − Hijita, ¿cómo te fue anoche con tu celebración? -A lo que ella, un poco apenada pero a la vez muy satisfecha respondió: - Bien mamita, Gerson es todo un caballero. Ese día era maravilloso para Maklin, ya era mujer de Gerson y pronto sería su esposa ante Dios y la sociedad.

Por otra parte Mártir estaba desesperado porque 'Siete Lenguas' y los demás no daban muestras de que tuvieran algún plan; así que fue a casa del mismo. Estaban Severiano y Bartolo muy felices desayunando, cuando los sorprendió con un insulto.

- Par de buenos para nada, quieren ganarse el dinero fácil; pero ni lo fácil saben hacer ustedes. —Les gritó agresiva y ofensivamente, ante esto terminó lanzándoles la comida al piso.

- ¿Por qué no avisaste que venías? Te hubiéramos preparado desayuno. —Le dijo Severiano irónicamente, deseando tomarlo por el cuello y estrangularlo.

- Seguro, ¿para qué me den veneno? No, yo tengo quien me cocine en casa. ¡Vamos cerdos trogloditas a lo nuestro! —Les dijo Mártir, mientras tomaba una silla, pues no le había ofrecido asiento.

Severiano parecía que se quería atragantar con el pan en la boca y Bartolo ni el café quería soltar. Se reunieron con 'Siete Lenguas' en aquella a la que él le llamaba oficina. Entonces empezó la pesadilla para Gerson García y su novia Maklin, iba a definirse el plan.

Mientras, Gerson fue visto llegar por la muchacha que está al servicio en casa de Joaquín y Daniela.

- ¡Buenos días! ¿Cómo ha amaneció hoy día? Por favor, Sírvele el desayuno a Daniela; parece que cada vez tarda más en el baño. —Se dirigió Joaquín a la muchacha del servicio.

- Sí señor, ¿cómo amaneció? —Le pregunto la muchacha a su patrón.

- Bien. Y Gerson, ¿sigue dormido? —Preguntó Joaquín, puesto que no lo miraba, como siempre era el primero en estar leyendo en cualquier rincón de la casa y más en la cocina, donde se tomaba hasta tres tazas de café, las cuales se tomaba a medida disfrutaba la lectura.

- No, señor. Apenas viene entrando a casa desde anoche. —Le comentó la muchacha a Joaquín.

- ¿Qué? ¿Entrando? ¿De dónde? —Se interrogó así mismo el señor Joaquín, y la sirvienta son sus manos y ojos hacia sus gestos de ademanes, diciendo no saber ni 'pio'.

- No lo sé, señor. Pensé que usted lo sabía, por eso se lo he dicho. Ay señor, no quería meter la pata. —Dijo la muchacha, al mismo tiempo que Joaquín la vio y una sonrisa le ofreció.

- No te preocupes mujer. Hablaré con él, pero no diré que tú me lo contaste. —Sintió alivio la muchacha, pues no quería que el señorito de la casa la viese como una chismosa más como otras muchachas de servicio doméstico.

- Gracias, señor. Creo que él no me vio porque entraba que parecía un gatito fino. —Decía aquella mujer riéndose y remedando los pasos de Gerson. Jaja.

En el centro de la ciudad Rey buscaba en las tiendas una prenda para regalarle a Anita. No encontraba la adecuada pues las bonitas eran costosas y las baratas eran feas para Anita, que ahora era una muchacha de alta sociedad. Por lo que eligió regalarle algo que nunca le hubiesen dado antes. Vale decir que Rey había cambiado mucho desde el día que Gerson ingresó al hospital con una bala en su cuerpo. Realmente él no era un muchacho de malos sentimientos, pero la vida le dio una lección cuando su único amigo estuvo cerca de morir. Desde aquella última visita que 'Siete Lenguas' les hizo a la casona, él decidió cambiar de vida y se mudó a una vieja y barata pensión. Ahora se ganaba la vida honradamente, empezó como ayudante de un viejo mecánico, quien le ha tomado gran aprecio, dedica su tiempo libre a llevarles comida, vestimenta y recreación a los chicos de la casona, a quienes junto a la bella Anita trataba de educar con libros. Bueno, decíamos que Rey decidió regalarle algo inolvidable a su enamorada, por eso contrató a unos mariachis, para sorprenderla en casa de su madre Esmeralda.

Ahora, Mártir junto a 'Siete Lenguas' está planeando el golpe:

- Por lo que sé el muchacho vive con Joaquín Sarán. –Dijo 'Siete Lenguas', dirigiendo su mirada hacía el malvado Mártir.

- Mejor aún. Ese perro me las debe también. Es él quien quiere darles a los bastardos mí dinero. –Respondió Mártir muy lleno de rencor.

- Entiendo pero… -Se quedó a medias el viejo 'Siete Lenguas'.

- Joaquín Sarán. Ese nombre, ya sé quién es. A mí también me las debe. —Añadió el panzón Severiano, pues conocía de la vida pasada a Joaquín, habían estudiado juntos en un tiempo.

- Ya he rondado su casa, no tienen guardias de seguridad, pero está cerca de la jefatura de policía. —Dijo Bartolo, señalando que cada paso debía ser muy premeditado, sin vacilaciones a no fallar, porque un solo error podría costarles la libertad.

- Ahí viven él, Daniela su mujer y el chico; tiene una muchacha de servicio; pero se retira todas las tardes, así que será cosa fácil. —Dijo 'Siete Lenguas' tirando a la basura las investigaciones y comentarios de Bartolo.

Mártir les proporciona unas bombas de gas somnífero y les da una dirección a la cual deben llevarlos. También les advierte que no toquen nada en la casa sin guantes, que a la señora ni la vuelvan a mirar. Por último que dejen una nota, la cual él mismo escribió. Nota que dice: "*No intenten   advertir a la policía o de lo contrario estos dos hombres morirán*".

- Ah, y actuarán a la una de la madrugada, ni antes ni después. Me reuniré con ustedes para el martes por la noche, no quiero levantar sospechas. Les explicó explícitamente Mártir, mientras disfrutaba la hora cero que estaba a punto de acabar con Gerson, por lo que lo más aclamado por él, ya estaba cerca.

El plan está hecho, como Severiano y Bartolo ya están viejos han contratado a cuatro jóvenes que harán el trabajo sucio.

Sábado por la noche.

Joaquín habla con Gerson minutos antes de marcharse a casa de Esmeralda donde estaban invitados a cenar.

- No lo tomes como un reproche, ¿pero, dónde pasaste la noche? —Le preguntó Joaquín a Gerson, mientras estaban instalados en la biblioteca, sin que nadie les interrumpiese. Gerson le mintió a su protector, diciéndole: - En mi cama.

- Sé que no soy tu padre pero me preocupo por ti como si lo fuera, así que no me mientas. —Dijo Joaquín sinceramente, al darle un abrazo al muchacho, quien dejó de temer y le dijo la verdad.

- Sí, tiene razón señor Joaquín, estuve con Maklin. —Le dijo el joven Gerson a su protector Joaquín, quien lo abrazo y le dijo que respetaba tal cosa.

- Habla bajito, ya sabes cómo son las señoras. ¡Entiéndeme muchacho! Es muy arriesgado que andes solo por ahí a altas horas de la noche; por eso me preocupé. Imagino que te entregaste y se entregó a ti, se entregaron al amor. —Le decía Joaquín, después de haberlo aconsejado, porque tenía miedo a que los cómplices de Mártir hiciesen algo contra el chico.

- Lo siento, no volverá a suceder. —Le dijo Gerson.

Y como dice el dicho: "De las aguas mansas líbrame Señor...".Y es que esa noche todo estaba más tranquilo que de costumbre. Maklin había cocinado para la cena y tenían de invitados a Rey, Joaquín, Daniela y por supuesto, a Gerson. Anita estaba ayudando a poner la mesa y los invitados estaban en la sala tomando un trago, excepto Rey, quien no había llegado. De momento se escuchó música de mariachis por el jardín del frente.

Maklin corrió a la ventana, por un momento pensó que Gerson le traía sorpresa, pues después de todo cumplían años las dos, y al ver a Rey, Maklin gritó: - ¡Anita, Anita! ¡Es Rey y está cantando!

- ¿Qué? ¿Para mí? −Dijo Anita, ruborizándose y viéndolo por aquella ventana, se miraba tan atractivo, como un chico de sociedad, se esforzaba mucho por llegar al corazón de la mujer que más amaba.

- ¡No tonta! Para mi mami. Apúrate ve a recibir esa hermosa serenata. −Maklin empujaba a su gemela para que fuera feliz, que le diera espacio al amor, libertad para que se fuera la tristeza.

Anita abrió la puerta y fue a escuchar a aquel pícaro muchacho, a quien nadie le conocía sus dotes de cantante. Mientras en la sala, las mujeres babeaban y los hombres admiraban lo que hacía Rey. Minutos después era la hora de cenar y estaban todos sentados. Maklin se levantó de su lugar y sirvió el plato de Gerson.

- No cabe duda. Serás una buena esposa para Gerson. —Dijo Esmeralda felicitando la atención de su hija Maklin, para con su amado, pues ya no eran novios, eran más que novios, ya se había entregado en cuerpo y alma.

- Eso nunca lo he dudado suegrita. —Eso dijo Gerson, lanzándole un beso a su amada.

Todos reían felices sin sospechar lo que se avecinaba.

- Señora Esmeralda. Sé que no tengo riquezas que ofrecerle a su hija Anita pero si me lo permite deseo pedirle oficialmente su mano. Le prometo que haré todo lo que esté a mi alcance para hacerla feliz a ella y a mis hijos, que espero sean varios. —Dijo el caballeroso Rey, quien se había esmerado por ese sí, de su amada, que estaba a solo instantes de saberlo.

- Claro que sí. Has demostrado que en la vida se puede cambiar si se desea. Por otra parte es mi hija quien decide con quién se casará. —Le expresó la señora Esmeralda, ganándose un ramo de flores que le obsequió el futuro yerno, a lo que todos dijeron. -"Compra suegras", envueltos en risa, el volteó a ver a su amada, esperando a que esos labios se entreabrieran para darle más pasión a su vida, con ese gran momento del sí, más esperado por él.

- Ay, papito. Ni crea que nos vamos a casar mañana. —Le dijo Anita, recibiendo un aplauso de todos los presentes, incluyéndose entre los presentes los encargados de servicio doméstico.

- ¿Es eso un... sí? --Preguntó Rey, no sabía que querían decir con todos los aplausos, decía que para él valía el sí, o directamente el no.

- ¡Sí, tontito! –Exclamó Anita lanzándose a los brazos y dándole el beso más apasionante de su historia.

Anita se le tiró encima a besos y todos en el comedor aplaudían, mientras gritaban: "Felicidades". Cantaron el feliz cumpleaños de las gemelas, partieron su pastel, poco después abrieron regalos y disfrutaron de la compañía familiar. Terminó la velada y entonces, calabaza, calabaza.... Así Joaquín, Daniela y Gerson regresaron a casa.

Llegó el momento del secuestro.

Estaban Joaquín y Daniela en su habitación, dispuestos a descansar, pues él tenía en mente —la mañana del día siguiente— visitar a los abuelos de Gerson. La idea era traerlos y darle a Gerson una grata sorpresa. Exactamente a la una de la madrugada se escuchó un ruido fuerte en el ventanal de la habitación; eran los cuatro jóvenes encapuchados, enviados por Mártir. El somnífero funcionó tan rápido que Daniela ni logró bajarse de su cama, ahí quedó inmóvil bajo un profundo sueño. Joaquín intentó caminar hasta la ventana pero cayó al suelo. Para Gerson todo fue diferente, él sí que estaba cansado y no se percató del ruido. Después de que irrumpieron en la mansión, los cuatro jóvenes dejaron a Joaquín tirado, ya que estaba inmóvil y fueron por el joven

Gerson. Como intentó oponerse le golpearon su cabeza con la culata de un revólver, haciéndolo doblegarse en sus propias rodillas. Luego lo ataron de pies y manos y lo arrastraron hasta una camioneta negra con vidrios oscuros, la que era custodiada por Bartolo. Lo mismo se hizo con Joaquín, pero antes de salir de la mansión dejaron la dichosa nota en la mesita de noche, que se encontraba al lado de Daniela.

Resultó que Aída —la amante de Mártir— era una mujer con mucho dinero y dueña de un rancho en las afueras de las cuidad. Esa fue la dirección que Mártir entregó a sus cómplices; ahí llevarían a Joaquín y a Gerson.

10:00 am. Daniela se despierta con una horrible pesadez a causa del somnífero. Tambaleándose se apoya en su mesita de noche, y entonces mira la nota. --- '¡No!' —Grita desesperada, Daniela. La muchacha de servicio, que normalmente inicia sus labores a las cinco de la mañana, la escuchó y acudió a su alcoba, sin tocar la puerta ella pasó adelante y viendo tal escena, donde estaba la señora tirada en el piso, llorando, ella la interrogó. - ¿Qué sucede señora? —Le dijo tirando de rodillas junto a su patrona.

- Es Joaquín, se lo llevaron a él y a Gerson. —Decía Daniela, mientras lloraba y no podía detener sus lágrimas.

La muchacha de servicio le dijo. - ¿Llamo a la policía? —De inmediato Daniela le respondió negativamente, haciéndole leer tal nota, le dijo; - No, lea esta nota. –Daniela en su angustia lo primero que hizo fue llamar a casa de Esmeralda.

Esmeralda que se encontraba en su habitual tiempo de lectura fue interrumpida por la empleada, que le dijo que era urgente que tomara la llamada, no hubo espacio de saludos, de un solo golpe la señora recibió la bomba, que Esmeralda solo reaccionó a temblores. - ¿Pero qué estás diciendo amiga? ¿Cómo se lo diré a mi hija?

- Lo peor es que no podemos buscar ayuda de la policía. –Le decía Daniela, mientras lloraba sin poder controlarse.

Maklin estaba en el jardín trasero de la mansión, leyendo un poema que su amado Gerson le había entregado la noche anterior y haciendo ramilletes de rosas para ponerlas en la sala. Supuestamente él vendría temprano para almorzar. Esmeralda se le acercó, la abrazó fuerte y le dijo; - Hijita de mi alma, ¿sabes qué te amo y no quiero que te pase nada malo? –Dijo Esmeralda a su hija, quien sin esperar la noticia, de sus manos cayeron las flores que había cortado, su piel se erizó por completo, presentía malas cosas.

- Claro mamá, ¿pero por qué me lo dices en ese tono? –Le dijo Maklin, viéndola quita y fijamente a los ojos, de pronto lentamente vio que la boca de su madre se abría para darle malas noticias.

- Gerson y el señor Joaquín... –Intentaba revelar algo, estaba nerviosa, se notaba eso claramente en Esmeralda.

- Habla mamita, que me angustias. —Le decía su hija, viendo a su madre intentando encontrar la forma ideal de dar una mala noticia; pero nunca una mala noticia ha tenido forma ideal.

- Desaparecieron y han dejado una nota; parece que se trata de un secuestro. —Logró la señora decirle la mala noticia a su hija, provocando un estremecedor drama sentimental.

- ¡Dios mío! Ese hombre malo me lo quitó mamá, me lo robó. -Decía '***La Novia de Negro'***, vestida como siempre con el negro del dolor.

Para Maklin fue un golpe muy duro, apenas hoy le diría a Gerson que estaba embarazada. Anita, que aún seguía en casa de 'Siete Lenguas', alcanzó a escuchar una conversación telefónica entre Severiano y Bartolo.

- ¡Muy bien mijo! Sabía que lo lograrías. ¿Y tienes a Joaquín también? —Decía Severiano, estando sentado en la sala del comedor, más gordo que nunca, sin darse cuenta qué Anita pesquisaba su conversación.

Anita supuso que hablaban de Gerson y Joaquín; por lo que corrió a casa de su madre.

El Sauce.

En la Mansión García Manzanares.

- Mi nieto lleva ya veintiún años desaparecido. ¡No puede ser! ¿Por qué Dios? ¿Por qué? --Decía Milvia, sentada en aquella mullida mecedora, abanicándose para el soporte del calor.

- Justo cuando creíamos tenerlo con nosotros resultó una vil mentira. --Decía Blas, pero aún junto a su amada, luchando por encontrar a su nieto, que cruel castigo les deparaba la vida, por descuidar a su hija atesorando material en la tierra, perderían lo más amado, sus seres queridos.

- Blas, alguien llama a la puerta, mira de quién se trata. --Le pidió Milvia a su esposo. El viejito fue a atender la puerta.

- Disculpe usted señor, leímos el anuncio en el periódico. Mi hermana y yo hemos venido por el empleo. Dijo, sorpresivamente una mujer, quien al dar su rostro nos sorprendió porque eran Marina y Raquel, los venenitos del orfanato.

- Pasen, son muy necesarias las dos, pasen y gracias por venir, era urgente. --Dice aquel viejecito levantándose sus anteojos para tratar de ver a las chicas.

Raquel y Marina entraron, cuando pasaban por el frente de la sala hacía la cocina, no pudieron evitar mirar una pintura hermosa de una muchacha la cual estaba colgada en la pared grande que está por la entrada.

- Perdone la indiscreción señor, ¿quién es la muchacha bonita de la pintura? —Preguntó Raquel al mirar el enorme retrato de la bella difunta Angélica, madre de Gerson.

- Esa es nuestra hija Angélica, la madre de Gerson. —Contestó Blas, llamando la atención de Marina y Raquel, tras escucharle el nombre de Gerson.

- ¿Gerson qué? —Preguntó a ojos abiertos la entrometida de Marina.

- Gerson García. Ustedes tal vez lo conozcan pues él vivió aquí. Claro, en el orfanato, pues no sabíamos de su existencia hasta que cumplió doce años de edad. —Les dijo el viejo a las dos preguntonas, quienes si sabían del chico y habían convivido con él, increíble, hoy estaban para trabajar para la familia de Gerson, después que le hicieron daño en el orfanato, ahora terminarían sirviéndole.

Raquel y Marina no lo podían creer, el mismo Gerson al que ellas molestaban de pequeñas era nada más y nada menos que el heredero de semejante riqueza.

Por su parte Alberta tenía un mal presentimiento.

- ¿Qué pasará con Severiano? Viejo mentiroso. Pero que no se le ocurra traicionarme, porque primero muerta antes que ir a la cárcel. —Se decía aquella perversa, estando en su habitación viendo aquella suma de dinero que tenía guardada secretamente bajo el piso donde estaba su cama, ya tenía suficiente como para jubilarse de por vida decía, la muy bruta. Los niños la habían visto contando los billetes, los cuales agarraba con sus dos manos y tiraba riéndose de felicidad, besando e idolatrando los billetes, no cabía duda que el mundo era raro, ella tenía en su cuarto billetes pegados sobre la pared, como adorno, era lo único que la hacía feliz, el dinero.

Cuidad de San Miguel, Mansión Sarán Cordero.

Mientras Daniela se ahogaba en desesperación y llanto, en otro país alguien tomaba un avión rumbo a El Salvador. Se trataba de Víctor Cordero, un sobrino de Daniela que venía a visitarla, pero con todo lo que estaba pasando a ella se le olvidó que había quedado de ir por él al aeropuerto.

En las afueras de la ciudad, en el rancho de Aída, Gerson y Joaquín estaban atados con cadenas de sus cuellos y bajo candado en uno de los establos.

- ¿Qué pasó? ¿Dónde estamos? ¡Esta jaqueca, me mata! —Decía Joaquín despertándose con una pesadilla, viendo a Gerson atado al igual que él.

- Unos tipos encapuchados, no sé cómo se metieron a la casa y nos secuestraron. —Le dijo Gerson, haciéndole ver que realmente estaba secuestrados.

- ¿Cómo sucedió? —Se preguntaba Joaquín.

- No lo sé con certeza, pero cuando me di cuenta estaban en mi cuarto, como me resistí, me golpearon en la cabeza. —Le explicaba Gerson.

- ¿Quiénes son, y por qué nos retienen? ¿Qué es este lugar? —Seguía haciéndose una y tantas preguntas el pobre de Joaquín y Gerson tratando de hacerle pasar el tiempo le daba respuestas.

- Ni idea de quién se trata ni por qué nos retienen, pero este lugar parece un establo. —Le indicó Gerson.

Joaquín y Gerson estaban tratando de adivinar qué fue lo que sucedió. Cuando escucharon a unos hombres decir: - Nosotros cumplimos ahora ustedes, el dinero, ¿dónde está?

- Mi jefe. Él les pagará en tres días. —Les decía Bartolo, a los que había secuestrado a los cautivos Joaquín y Gerson.

- ¿En tres días? Ese no era el trato. —Dijo uno de los secuestradores.

- Calma, les aseguro que él no les fallará. —Dijo Bartolo, excusándose que el hombre venía del extranjero

Mientras Bartolo discutía, Gerson le decía a Joaquín que aquella voz la conocía. En ese momento se les acerca Bartolo.

- ¡Vaya, vaya, mira quién vino de visita! El afortunado Gerson García. Tanto tiempo... ¡Bastardito! —Dijo Bartolo, soltándose una carcajada. ¡Jajajajaja!

- Bartolo, ¿por qué me persigues? ¿Cuál es tu afán? ¿No te bastó con el daño que ya me habías hecho? —Le dijo Gerson, reconociendo a uno de sus secuestradores.

- Espera, no me juzgues tan mal amigo, ¿no te ha dicho tu abogado quién es tu perseguidor? —Cuestionó Bartolo, a Gerson, le metió ideas en la cabeza, le hizo comentarios de su pasado familiar.

- Sé quién eres. ¿Dónde están los demás? ¿Por qué haces esto? —Preguntaba Joaquín exigiendo respuestas.

- ¡Usted cállese! Me debe unas cuantas cositas. —Le dijo Bartolo a Joaquín, haciéndolo que se enmudeciera.

- ¿Qué ganas con hacer estas cosas Bartolo? —Le preguntó Gerson, otra vez, lo mismo que ya le habían preguntado a Bartolo.

- Escúchame muy bien muchachito como en el orfanato. ¿Te acuerdas? Yo soy quién da las órdenes aquí. —Indicó Bartolo, poniendo a sus palabras un elevado tono.

- Ah sí, como con los delincuentes con quien hablabas que con miedo les decías; "mi jefe paga". —Le dijo Joaquín, riéndose de Bartolo.

- ¡Silencio perro! -Lo golpea en el rostro.

- Déjalo en paz, el asunto es conmigo, ¿no? —Le expresó Gerson a Bartolo.

- Lamento decirte que es con los dos. —Añadió Bartolo, riéndose ahora de Joaquín, a quien había golpeado, reventándole el labio, de donde se desprendía sangre.

Sin darle más explicaciones a Gerson, Bartolo los dejó y fue hacía a la casona del rancho a esperar por Severiano. Así Joaquín y Gerson pasaron el resto de la tarde y la noche sin más visitas. Mientras en la ciudad la angustia aumentaba para Maklin, Daniela y Esmeralda; quienes decidieron reunirse en casa de Joaquín en espera de cualquier noticia.

Transcurrieron tres días, que para Gerson y Joaquín parecían mil, pero peor para sus familiares que no recibían noticia alguna.

Por otra parte Mártir se disculpa con su esposa pues se ausentaría por varios días.

- Kassandra mi amor estaré fuera de la ciudad por motivos de negocios, pero sólo serán unos cuantos días. –Decía Mártir, mientras estaba en el comedor con su esposa, quien le había servido la cena.

- Vete tranquilo, de todos modos ya me estoy acostumbrando a estar sin ti. –Le dijo ella, como importándole poco lo que él hiciera.

- No empieces otra vez. –Le dijo a su esposa, obligándola a besarlo.

- No, a diferencia de otras veces, hoy sí siento lo que digo. –Kassandra ya sentía miedo de la persona con quien compartía su vida.

- Quise marcharme en paz contigo pero no se puede. –Le dijo Mártir, mientras sale enojado, aquella mujer se queda sola en el comedor, haciendo lo que más sabía hacer, llorar.

Llega el momento más difícil en la vida de Gerson y es que Mártir se presenta. Eran las 9:00 am del miércoles, Gerson y Joaquín buscaban alguna manera de liberarse; pero todo intento era fallido. De pronto se escucharon voces y esta vez, eran tres hombres. Mártir, Bartolo y Severiano.

- ¡Mira Gerson! Te presento a Mártir Lorenzo Riva de Negra Oreiro, tu hermano mayor. –Dijo Bartolo, mientras fue empujado e insultado por Mártir, logrando que Bartolo quedase en ridículo al caer sobre un nido de gallinas que tenía muchos huevos, los cuales quebró Bartolo al caer sentado sobre ellos, nadie dijo algo, todos enmudecieron ante la maldad de aquel susodicho despreciable hombre.

- ¡Cállate, imbécil! ¿Crees que soy mudo? ¡No seas metiche! –Le dijo después de haberlo empujado y dejarlo en ridículo, y amenazó con su dedo a Severiano, que casi se ríe y corre con la misma suerte.

- ¡Mártir! Debí imaginar que nunca desistirías de esa absurda idea. –Sorprendido de que Joaquín se dirigiera a él, Mártir giró su mirada y puso sus ojos sobre él, caminó unos cuantos pasos, para acercarse más.

- ¡Perro! Siempre fuiste simplemente eso. ¡Un asqueroso perro! Primero con mi padre, a quien le solapabas sus infidelidades y ahora con este bastardo ¡Pero, ves! Aquí están amarrados como dos perros rabiosos ¿Y tú Gerson? ¿No te alegra conocerme? –

Actuaba como un demente, estaba repleto de rencor, vacio de sentimientos, de esta manera Mártir, caminó hacia donde se encontraba amordazado su hermano. Le expresó lo siguiente. −El día que supe de ti y de nuestra hermana, ese día fue el día más feliz de mi vida; pero también fue el día más oscuro de mi vida, porque tener más hermanos era mi sueño; pero no al precio de perder a mi madre. −Mártir parecía llorar; pero en verdad su locura era automática, y ante esto el odio era devastador para contra Gerson, una ira que se llevó consigo a dos inocentes, Joaquín y a esa que todos llaman la novia de negro, (Maklin).

- Siempre viví soñando cómo sería tener una familia, y ahora resulta que tengo un hermano quien desea hacerme daño. −Le dijo Gerson, tratando de hacerle entender que no comprendía por qué odiar a la misma sangre, no era culpa suya de cómo las cosas en la vida pasaron.

- ¡No es mi culpa! Es culpa de tu maldita madre, por meterse con mi padre, que era casado. −Le gritó violentamente Mártir a Gerson, que nadie decía ni 'pio', todos lo miraban, unos le temían y otros como loco lo miraban, Bartolo seguía cómodo encima de los huevos de aquella gallina que lo miraba con ganas de sacarlo a picotazos de su nido y no sólo lo miraba, logró sacarlo del nido.

- ¡Cállate! No hables así de ella, está muerta. − Le pidió Gerson, que respetase la memoria de su difunta madre.

- ¿Y mi madre qué? Por culpa de mujeres como tú madre ella murió de VIH/Sida. –Le recriminó Mártir a Gerson, como si él fuese culpable de tal cosa.

- Mártir, la madre de Gerson, tenía quince años cuando estuvo con tu padre. –Inquirió Joaquín ante la conversación de los hermanos, y tomando un azote, Mártir golpeo la espalda de Joaquín, diciéndole; -Contigo no es la conversación, te daré disciplina, esa que no recibiste en tantos años de estudio, respeta las conversaciones ajenas. –Le decía aquel malvado hombre, mientras los azotazos sonaban sobre la espalda del pobre Joaquín.

- Mi madre sufrió mucho y eso lo deben pagar. –Le decía Mártir a Gerson, mientras lo jalaba del cabello y con su puño el abdomen le golpeaba.

- Te pido perdón en nombre de mi madre. – Decía Gerson, sin recibir ninguna compasión, a lo que éste le dijo; -Un maldito perdón no resucitará a mi madre, pequeño estupidito, nunca el perdón ha resucitado a nadie, no que yo lo haya visto con mis propios ojos. –Le explicaba Mártir, mientras Joaquín le dijo; - El perdón, purifica, libera, perdona y perdónate. –No terminaba de expresarse Joaquín cuando Severiano apretando su puño lo volvió a golpear cruelmente en el abdomen.

- Un perdón no basta. Eso no le devolverá la vida a mí madre. –Replicó Mártir.

- Mártir, no ganas nada con hacer estas cosas. –Le contestó Joaquín, cuando Severiano intentaba golpearlo otra vez, le dijo Mártir a Bartolo que tomara el bastón, y por la espalda recibió un par de golpes con aquel bastón, golpes que eran en sus piernas, que provocaron que aquel hombre se arrodillara.

Qué manera de conocer a un hermano, pobre Gerson. Siempre pensó que la familia era para apoyarse entre sí, pero su hermano lo odiaba desde lo más profundo de su alma.

- ¡Bartolo, imbécil! Cuida bien a estos dos perros, no los alimentes mucho, no quiero que engorden como tú. ¡Jajajá! —Salió Mártir después de darle un abrazo a su hermano, abrazo con doble sentido, pues aprovechó para darle un buen golpe en el abdomen. Mártir se fue a la casona del rancho, ahí descansaría mientras se entendía con su amante.

En la ciudad en casa de Joaquín y Daniela, Maklin lloraba por no saber de Gerson.

- Hija, sé que de nada sirve decirte que todo estará bien, pero cuentas conmigo y lo sabes. —Le decía su madre a Maklin, mientras la tenía recostada en un sofá y entre sus regazos, y con ellas estaba Anita.

- Sí hermanita, aquí estamos quienes te amamos. – Le dijo Anita.

- ¿Por qué a él? Desde pequeño sufrió mucho y ahora que parecía que todo estaba bien. —Maklin seguía llorando, parecía haber nacido para ser desdichada como su amado.

Se aproximaba la tarde de ese mismo día y en el aeropuerto Víctor Cordero, sobrino de Daniela, buscaba a su tía. Como pasaron unos minutos y no la encontró decidió tomar un taxi. Poco tiempo después llegaba a casa de su tía. Llama a la puerta y es Jessica quien le atiende. Al abrir la puerta quedaron flechados.

- ¡Hola! —Dijo la siempre coquetona de Jessica, mientras se miran fijamente, se quedan unos segundos en silencio.

- Perdón, busco a la señora Daniela, es mi tía. —Dijo Víctor, esa voz de hombre recorrió la mente de aquella mujer, sentía que su príncipe había tocado a la puerta de su corazón.

- ¡Qué bien! Quiero decir, pasa adelante, le diré que estás aquí. ¿Cómo dices qué es tu nombre? —Le dijo Jessica, a sabiendas de que no se lo había dicho, todo con tal de saber el nombre.

- Víctor Cordero, ¿y el tuyo es? – Víctor le dijo su nombre y averiguó el de ella.

- Jessica Esquivel. ¡Mucho gusto! —Le dijo ella, ambos se gustaron.

Jessica anunció a Daniela la presencia de Víctor, mientras mantenía su mirada fija en él. Daniela puso al tanto a Víctor sobre lo que ocurría con Joaquín y Gerson.

Justo daban las 7:00 pm. Cuando suena el teléfono. Maklin, que estaba en la sala, contestó enseguida con la esperanza de que fueran noticias de Gerson.

- ¿Quién dice qué es? —Interrogó Maklin a la persona que se comunicaba telefónicamente.

- Soy el abuelo de Gerson García, Blas es mi nombre. –Decía aquel anciano por teléfono.

- ¡Dios santo! No sabía que sus abuelos vivieran. –Le dijo ella al anciano.

- Es una larga historia muchacha, ¿pero quién eres tú? –Le cuestionó Blas.

Ella dijo.- Soy novia de Gerson, me llamo Maklin.

Marina y Raquel estaban cerca de Blas cuando este repitió el nombre de Maklin. Marina interrumpió preguntando. - ¿Qué ha dicho el viejo?

Raquel le contestó. - ¿Dijo Maklin?

Quedaron sorprendidas cuando se enteraron de que Maklin y Gerson seguían juntos después de tantos años.

- ¡Es increíble! Lo han logrado hasta ahora. – Dijo Marina viendo a su hermana Raquel, quien se unió con un comentario; - ¡Y qué suerte! Resultaron millonarios.

Para Blas y Milvia era muy doloroso, primero enterarse que su nieto aún seguía lejos de ellos y ahora que lo tenían secuestrado.

- Mañana mismo saldremos para la cuidad. – Le dijo Blas a Maklin, a través del teléfono.

- Es lo mejor, aquí los esperamos. –Maklin cortó la llamada, desesperada, aún lloraba.

Allá, en El Sauce, Milvia estaba enferma y Blas le decía que mejor se quedara en casa y reposara.

- Insisto mi amor, no deberías ir. –Le decía Blas a su amada esposa.

- Amor es nuestro nieto, debemos encontrarlo. –Le respondió aquella tierna anciana.

- Vamos, pues y que nos acompañen Raquel y Marina. –Dijo el viejecito.

Así fue, Marina y Raquel se encontrarían con el pasado de su orfanato, es decir con Maklin. Al día siguiente por la mañana, en el rancho de Aída en las afueras de la ciudad. Mártir fue hacer acto de presencia ante sus invitados de honor, los secuestrados.

- Buen día, ¿cómo amanecieron los perros? – Decía Mártir, acompañado de Bartolo y Severiano, quienes fumaban puros, los cuales de la boca les quitó y pisoteó Mártir, diciéndoles que aparte de estúpidos eran viciosos y buenos para nada, ya empezaba estos a cansarse de los insultos.

- Déjanos ir Mártir, nada ganas con retenernos. –Le dijo Gerson a su rencoroso hermano.

- Claro que sí, tengo cosas que arreglar antes de deshacerme de ustedes. Le agregó Mártir a su comentario.

- ¿Qué te hice para qué me odies tanto? –Le preguntaba con insistencia Gerson.

- Parece que no eres muy inteligente, ya te lo expliqué. ¡Ah! Creo que ya sabes que mi padre dejó una fuerte cantidad de dinero, la cual no pienso compartir. −Le advirtió Mártir a Gerson, y viendo a Joaquín.

- A mi no me interesa tu dinero, déjanos salir de aquí y te firmaré para que seas tú el dueño absoluto de todo. −Libertad era todo lo que pedía Gerson, para poder vivir en paz, libre de odios y persecuciones de las que ni cuenta él se daba, hasta hace poco.

- ¡Qué generoso Gerson, me quiere ceder lo que es mío!.. Sólo les advierto, regreso a mi casa pero me mantendré informado de ustedes, pórtense bien y por ahora no les harán daño. −Le dijo Mártir, al parecer el secuestro iba para largo.

Mártir tomó camino de regreso a su casa, dejando a Joaquín y Gerson en custodia de Severiano y Bartolo, a quienes les ordenó darles sólo una comida al día. El plan le tomaría un buen tiempo a Mártir, pues él tenía que asegurarse de ser el dueño absoluto de la herencia, antes de hacer cualquier otra cosa.

Jueves por la tarde en la mansión Sarán. Estaban todos reunidos en la sala grande, desesperados; pues hasta ahora no recibían noticias. Llaman a la puerta, Jessica decide atender.

- Sí. ¿En qué les puedo servir? −Dijo Jessica, viendo a los ancianos acompañados de dos jóvenes mujeres.

- Buenos días señorita, ¿es esta la residencia del señor Joaquín Sarán? −Le preguntó Blas a Jessica.

- Sí. ¿Disculpe, ustedes son? —Interrogó Jessica.

- Yo soy Milvia y él es mi esposo Blas, somos los abuelos de Gerson García. —Dijo la anciana que venía envuelta en nervios, con una toalla que cubría su cabello.

- ¡Claro! Pasen, les estaban esperando. —Dijo felizmente, la bella Jessica.

Blas y su esposa en compañía de Marina y Raquel venían para ayudar a encontrar a Gerson y a Joaquín.

Maklin tuvo el reencuentro con sus eternas rivales, no le dio importancia, porque no las reconoció muy bien, directamente se dirigió a los viejos abuelos de Gerson - Ustedes son los señores García.

- Efectivamente. Tú debes de ser la novia de mi nieto. —Le dijo Blas a la joven.

Maklin se les lanzó y los abrazó como si se conocieran de toda la vida. Hecho que cautivó a los viejos. ¡Qué amor más grande había en esa muchacha! Raquel y Marina esperaban una reacción diferente de parte de Maklin para con ellas, puesto que de niñas ellas le hacían la vida de cuadritos a la muchacha. Pero Maklin al verlas se conmovió y empezó a llorar, las abrazó y les decía; - Mi Gerson muchachas, no sé donde me lo retienen.

En casa de Mártir, Kassandra estaba en la cocina preparando la cena, de pronto escuchó la puerta, era su esposo que entraba.

- ¡No pensé que regresarías tan pronto! —Dijo ella al verlo entrar muy complacido.

- ¿Qué probablemente necesito anunciarme antes de venir a mi propia casa? —Le dijo en regaño a su esposa.

- Es un decir, no alces la voz, la niña se asusta cuando hablas tan fuerte. —Le respondió Kassandra sin dejarse.

- ¿Me estás diciendo que mi hija me teme? -Le decía en voz muy fuerte.

¡Cálmate! No quería enojarte. Ya no eres el mismo. —Dijo ella a su esposo.

- ¡Pero bueno! ¿Es que ahora me cuestionan hasta en mi casa? —Él la golpea, el descontrol mental de Mártir, trasciende de Gerson a su casa, ya no sabe separar su casa de los problemas de afuera. Hoy golpeó por segunda vez a su esposa, y no fue leve, la tomó de los cabellos y le exigió respeto, la golpeó hasta dejarla sangrando de los labios.

- ¡Suéltame, me lastimas! ¡Se concluyó Mártir! ¡No más!

Después de que la golpeó Mártir le pedía perdón mientras Shelsy, su hijita, le preguntaba por qué su madre lloraba y él groseramente le ordenaba que se fuera a su habitación.

Por otra parte, en el rancho de Aída; Severiano y Bartolo aprovechaban el tiempo para torturar emocionalmente a Gerson.

- Severiano, tú y Bartolo son tontos. ¿Creen en Mártir? Si él quiere la parte del dinero que me toca por esa dichosa herencia. ¿Piensan que la compartirá con ustedes? ¡Ilusos! —Le dijo Gerson al par de secuaces del demente de Mártir.

- ¡Muchachito ingenuo! Lo que no sabe tu hermanito es que ya tenemos todo calculado. ¿sabes quiénes son millonarios? ¿No verdad? Pues te lo diré: La madre de tu amada, tus abuelitos y tu hermana. ¡Jajajá! ¿Pensabas que estabas tratando con novatos? Ya ves que no es así.   —Le respondió con   su comentario a Gerson.

- En primer lugar, abuelitos no tengo y si estuvieran vivos no saben de mi existencia, ni creo que aún sabiéndolo hagan algo por mí. —Le dijo Gerson a Severiano, sin poder lograrle borrar la sonrisa de satisfacción del malvado.

- ¿Cómo que este abogaducho no te ha contado todo? —Le dijo Bartolo, señalando a Joaquín.

- Te diré algo más, sí los tienes y han estado más cerca de ti que nunca, sólo que ellos tampoco lo sabían. Ahora ya lo saben pero, ¿qué pueden hacer ese par de viejos aparte de llorar? Nadie sabe en dónde estás. Te han buscado mucho ¡Jajajá! Pero les ayudaremos a encontrarte, sé que nos darán mucho dinero por ti, aunque lo malo será que te conocerán muerto. ¡Jajajá, ajajá! Pagarán una fortuna por tu cuerpo   embalsamado.   —Carcajeaba   Severiano, gozando ante su maldad.

Vivir es saber dar lo mejor de nosotros, es vibrar en la bondad y llevar a su máxima expresión nuestra capacidad de ser. Para Gerson el saber de la existencia de sus abuelos fue más traumatizante, ya que lo más anhelado por su corazón fue una familia propia, ahora que parece que la tiene, no puede disfrutarla. El imaginar los sufrimientos de su amada, de sus abuelos y amigos es cosa que no le permite dormir. A veces se dice en mente que mejor sería morir para acabar con todo ese panorama de angustia. ¿Por qué Mártir no termina con todo este teatro? Si ya le dije que todo es para él, y la otra hermana. ¿Dónde estará? Pobre alma, si Mártir la encuentra será su fin. ¡Dios! Y pensar que todo esto pasa cuando las personas no miden las consecuencias de sus actos. Padres que abandonan a sus hijos, hijos que desobedecen a sus padres y personas ambiciosas, que con tal de obtener un poco de dinero destruyen la vida de muchos; aún la de sus seres queridos.

En la mansión Sarán, Esmeralda le ofrecía su casa a los señores García Manzanares, puesto que ellos permanecerían con Daniela hasta que Joaquín y Gerson regresaran. De pronto Maklin se desmayó, cosa que hizo a todos en la casa correr desesperados.

- ¡Pronto, llama al doctor! –Esmeralda pidió a Jessica que llamara al doctor.

- Ayúdenme, la recostaremos en el sofá.-Dijo Daniela, mientras en brazos la tomó Víctor, y ahí estaba tendida, desmayada la dulce mujer vestida de negro, siendo vista compasivamente por todos los presentes.

Llega el doctor y en la sala todos esperaban con ansias alguna respuesta.

- No sé que digas tía, pero a mí me parece que Maklin está embarazada. —Añadió atrayendo las miradas de todos, a lo que ella dijo - ¿Qué? No me vean así. —Dijo la graciosa, aumentando palabras. —No es raro, ella es mujer, Gerson es hombre, los dos se dan besitos, comparten cositas, y hacen cositas, ¿si entienden? Uno más uno, es igual a dos, y dos son Gerson y Maklin, y de dos, sale uno más, eso que ahora ella tiene dentro de su estomago. ¡Ay, basta! Eso es resultado de un tú y yo solos celebrando un aniversario más a solas, el resultado es tres.

- ¿Qué dices? ¿Pero cómo podría ser? —Responde Esmeralda.

Estaban todos especulando sobre qué le sucedía a Maklin, cuando salió el doctor de la habitación.

- ¡Felicidades! La muchacha está embarazada. —Dijo el doctor, momento en el que Jessica saltó y gritando dijo; - Se los dije, "tú y yo solos, el resultado es tres".

En la sala todos se quedaron callados por unos segundos, luego se abrazan felices por la noticia.

- ¡Un bisnieto Blas, un bisnieto! —Dijo Milvia, muy contenta abrazando a su viejecito.

- ¡Seré abuela! ¡Qué bendición! ¡Gracias Dios! En medio de tanta angustia una noticia buena. —Dijo Esmeralda, abrazándose con su hija Anita.

En casa de Mártir, Kassandra lo escucha nuevamente hablar por teléfono, pero esta vez era distinto.

- ¿Qué pasa viejo? estas cosas no se pueden hablar por teléfono. Iré a tu casa por la mañana, espérame como a las diez, antes necesito hacer otras cosas. —Decía Mártir ocultándose para comunicarse telefónicamente.

Kassandra no sabía con quién hablaba su esposo, pero no le preguntaría, pues ahora él era muy agresivo.

Al día siguiente Mártir se marchó muy temprano y Kassandra aprovechó para ir a casa de su madre.

- Mamita, ¿por qué no has vuelto a casa? Te he extrañado mucho. —Hacía preguntas y comentaba Kassandra, porque su madre estaba muy extraña últimamente, ahí se les veía a las dos instaladas en la sala de la casa de Sonia.

- Lo sé, pero tu esposo últimamente me hace mal gesto cuando me ve llegar. —Le dijo Sonia a su hija, en respuesta a sus preguntas.

- El ha cambiado mucho y no entiendo el porqué. Hoy se entrevistaba con alguien, hablaban de mucho dinero, algo de una herencia. Mamá, Mártir es otro, ahora. —Hablaba con nervios y miedo notorio.

- Hija, en unos meses me devolverán un dinero que guardaba para ti, te lo daré y podrás irte con tu hija fuera del país por un buen tiempo. —Le decía Sonia a su hija, mientras la tomaba de la mano, tratando de darle seguridad de que un buen futuro las esperaba lejos del país.

- ¡Pero mamá! Es mejor que le pida el divorcio. —Le comentó Kassandra a su madre.

- Amor, temo que no lo acepte y te haga daño a ti y a la nena. —Le advirtió su madre, que un hombre por capricho podría también hacer tanto o más daño del que uno se imaginara.

Kassandra regresó a su casa, pero iba muy intrigada con lo que le propuso su madre, tal vez sería lo mejor. ¿Pero qué le diría a su hija si un día le pregunta por su papá? ¿Cómo explicarle que ella lo abandonó?

En casa de 'Siete Lenguas'.

- ¿Qué tienes para mí? No me salgas con trampas porque… Advirtió Mártir, haciendo su entrada a la sala de la casa del viejo 'Siete Lenguas'.

- Amigo Mártir, te tengo la solución para que todo, absolutamente todo, sea tuyo. —Le comentó 'Siete Lenguas' a Mártir, quien ahora si estaba dispuesto a recibir la herencia completa, pues comenzaba a olfatearse que su caída estaba tras de él.

- Pero eso es precisamente lo que haré. —Dijo Mártir, siguiendo la conversación.

- Claro. Mi trabajo cumple tu propósito más fácil y rápido, tendrás lo tuyo y podrás pagarme. –Dijo 'Siete Lenguas', a lo que Mártir dijo. - Habla ¿de qué se trata? ¡Te escucho!

'Siete Lenguas', le explicó a Mártir, que él ya tenía los contactos para manipular el dichoso testamento. Le tomaría unos cuantos meses pero sería un éxito, a lo que Mártir dijo - "¡Sí!". Lo que no sabía Mártir era que 'Siete Lenguas' planeaba apoderarse de su fortuna.

'Siete Lenguas', meditaba en silencio, mientras miraba al estúpido de Mártir. – "Mártir, amigo, tu hermano muerto, tú en la cárcel y yo disfrutando de tu fortuna. Porque a esos imbéciles — Severiano y Bartolo— ni verla les permitiré".

De esa manera pasó el tiempo, Mártir y 'Siete Lenguas' haciendo todo por manipular el testamento, Gerson y Joaquín sufriendo en su cautiverio. Severiano y Bartolo haciendo planes con el dinero que obtendrían a cambio de los secuestrados. Kassandra pensando firmemente en divorciarse e irse lejos con su hija. Sonia investigando sobre la vida de Mártir. Anita y Rey colaborando con la familia. Blas y Milvia buscando a su nieto. Daniela esperando por noticias que ya ni al mercado iba. Esmeralda cuidando a su hija embarazada y Maklin le hablaba al bebé en su vientre acerca de su padre secuestrado.

Después de casi nueve meses desde el secuestro a Gerson. En la mansión de Esmeralda

Fuentes en el jardín Milvia sonreía y por ratos lloraba de tristeza diciéndose. - Nuestro nieto es como un imposible, parece que la vida no nos perdona aún, diría más bien que nuestra hija no nos perdona. Creo que prefiere a su hijo con ella a que esté con nosotros. Cuando creí haberlo encontrado la vida me lo arrebata nuevamente. Solo Dios sabrá que le puede estar pasando y nosotros sin poder ayudarlo. ¡Me siento la persona más inútil de la Tierra! – Le decía Milvia a su esposo, mientras tomaban el sol en un banco del jardín, sin darse cuenta de que varios hombres enviados por Mártir, tenían esa casa más vigilada que el palacio de un rey, claro, estos de civil como habitantes comunes y corrientes.

En estos últimos días de embarazo; Maklin caminaba e iba hasta la iglesia. El médico le había recomendado caminar bastante el último mes y ella aprovechaba para ir a rezar por la vida de Gerson y Joaquín.

- Señor, oh mi señor, no pierdo las esperanzas, sé que Tú me escuchas y nos devolverás a Gerson. Si me diste la bendición de ser madre, no dejes a mi bebé sin su padre. Señor, recuerdo aquel poema que un día leí, se llamaba; Fe. "Sin pan no vive el hombre...

Sin agua no viven las plantas...

Sin amor no vive el corazón...

Sin fe no vive la esperanza...

¿Y sin esperanza para qué vivir?..."

Pero ella no era la única que aprovechaba sus salidas, alguien contratado por Mártir se encargaba de tomarle fotos, que luego Bartolo utilizaba para mortificar a Gerson.

- Mira esta, parece que ya va a explotar, en poco tiempo nacerá tu bastardo; digo bastardo porque no tendrá a su padre. ¡Pobre criatura, su padre está por morir! Trae tu misma suerte, crecer abandonado, pobre, te imaginas que caiga en manos de otra bruja como Alberta. —Le decía despiadadamente Bartolo a Gerson, sin sentir una gota de compasión.

- Bartolo, no te hundas más. Mártir después de lograr lo que quiere se irá lejos, no te dará nada e irás a la cárcel. ¿Crees que vale la pena lo qué haces? —Trataba Gerson de comprarlo sentimentalmente.

Gerson y Joaquín estaban desnutridos y débiles pues no les alimentaban; sus cabellos y barba largos estaban por falta de higiene.

Mientras en la mansión Sarán.

- ¡Dios mío! ¡Ayúdalos, que no les hagan daño! ¡Por piedad! —Sola lloraba en su tristeza la pobre Daniela.

- Amiga, ya verás como Dios los traerá sanos y salvos a casa. ¡Cálmate! Debes ponerte en pie, lucir fuerte, volver a ser tú. —Le aconsejaba Esmeralda a Daniela, para que demostrara que era más fuerte el poder divino que el mal de Mártir y los suyos.

Blas investigaba a Mártir y hasta ahora no lo había encontrado. Lo buscaba bajo el apellido Riva de Negra Oreiro, pero pasó lo inesperado. Es que quien le ayudaba en la búsqueda pensó que Mártir podría haber estado utilizando otro apellido todo este tiempo. Así encontraron una dirección. Blas se dirigió a casa de ese Mártir; "nada se pierde con averiguar", dijo.

Anita por su parte, se propuso investigar a 'Siete Lenguas'; ella todavía vivía en aquella casa, mas nunca .encontró algo que lo implicara en la desaparición de Gerson y Joaquín. Sólo que ahora llegaba un bebé y por protegerlo haría cualquier cosa. En una de esas noches, en las que 'Siete Lenguas' dormía profundamente, ella y Rey se metieron a la oficina del viejo, buscaron entre los papeles y encontraron muchas cosas que ellos no entendían.

- Ésto lo llevaremos con alguien que sepa de leyes. —Dijo Anita abriendo una cajita con siete pasaportes y un folder con la misma cantidad de actas de nacimiento.

- Sí amor, estos papeles parecen importantes. —Le dijo Rey dándoles una ojeadita y viendo que era el viejo el de las fotos de cada pasaporte, solo que con diferentes estilos de cabello y formas de vestir.

Al día siguiente Blas fue en busca de aquel Mártir. ¡Si es el mismo con mis propias manos lo mataré! —Se decía— mientras buscaba la dirección. Llegó a casa de Mártir, llamó a la puerta y quien le atendió fue Sonia.

- Disculpe señora, busco a Mártir. Pero al que yo busco se apellida Riva de Negra Oreiro. —Dijo Blas, viendo como cambio el rostro de aquella mujer mayor, que era Sonia, la madre de Kassandra, quien estaba de visita, aprovechando que Mártir había salido.

A Sonia le resonó el apellido por lo que le dijo a Blas que le permitiera citarse con él en otro lugar. -Esta es la casa de mi hija, dígame dónde y yo lo busco, me interesa hablar de Mártir. —Le propuso Sonia, una entrevista a Blas.

Así Sonia comprobó que Mártir era el hijo de Alfonso Riva de Negra, le advirtió a Blas que no se acercara más a casa de su hija por miedo a que Mártir le haga daño. Y se marchó a su casa para arreglar la fuga de su hija y su nieta.

Esa misma noche Maklin se enfermó, llegó la hora de dar a luz.

- ¡Mamá! Se me rompió la fuente, ¡me duele! —gritaba Maklin, anunciando la llegada de su bebé.

Esmeralda corría en compañía de Anita, estaban emocionadas; pero asustadas.

- ¡Mamá! No hay tiempo para ambulancias, que maneje Rey, ¡vámonos! —Rey Consiguió llevar en brazos a Maklin hasta el auto, para trasladarla al hospital.

A las 9:15 pm nació el pequeño heredero, a quien llamaron Gerson Junior García Fuentes.

Blas y Milvia estaban en la sala del hospital, junto a los otros esperando noticias del nacimiento.

Cuando les dijeron que el bebé estaba bien, Milvia empezó a llorar.

En las afueras de la ciudad en el rancho de Aída. Por los contactos que tenían Severiano y Bartolo se enteraron del nacimiento del hijo de Gerson, por lo que Severiano aprovechó para torturarlo.

- Gerson, Gerson, ¡adivina qué! -Le dijo Severiano, intentando jugar a los acertijos.

- ¡Vendrá Mártir a visitarme! —Le dijo Gerson, añadiendo entonces Joaquín. — Eso no es divertido estimado mantequitas.

- ¡Mejor qué eso, para que veas que no soy tan malo te lo diré. —Le dijo Severiano a Gerson.

- ¡Habla! —Le dijo Gerson, presintiendo algo bueno en medio del fango.

- ¡Tu hijo acaba de nacer! ¿No te alegra? Al menos quedará algo de ti. —Le dijo el viejo, aplaudiendo y riéndose.

A Gerson le bajaban lágrimas, mientras Joaquín le decía - ¡Te felicito, muchacho! Ya eres papá.

Por la mañana del día siguiente Maklin salió del hospital acompañada por su madre, quien no se separó de su lado en toda la noche. En la mansión de Joaquín, Daniela estaba esperando la llegada del bebé junto a Anita, Rey, Blas, Milvia y por supuesto Marina y Raquel. Cuando Maklin entró a la casa, Daniela le tomó al bebé y le decía. - Todos te amaremos y te cuidaremos. De esa manera el bebé pasó de mano en mano hasta llegar a Milvia, quien lo veía y lo acariciaba, contemplándolo con mucha ternura.

- ¡Mira Blas! Nuestro bisnieto. ¡Es hermoso! Lo protegeremos y no dejaremos que alguien lo aparte de nosotros. —Le hacían pucheros al bebé, muy felices aquel par de viejecillos.

- Ya mujer dáselo a su madre que debe de estar muy agotada, los dos deben descansar.

Por unos minutos los que estaban en la casa se olvidaron de su angustia y celebraron la llegada del nuevo miembro de la familia.

Para Mártir las cosas iban viento en popa, y es que recibió una llamada de 'Siete Lenguas', quien lo citó en su casa. Pero el destino es impredecible y a veces nos traiciona. Anita decidió ir a recoger sus pertenencias precisamente en el momento en que Mártir llegaba. Al verlo, Anita se escondió y escuchó lo que hablaban.

- ¿Lograste manipular el testamento de mi padre? —Le decía Mártir, mientras a su boca se llevaba un trago de café, el cual le había servido el viejo, café que recién había preparado Anita.

- ¡Mejor aún! He logrado que sin necesidad de las firmas tú seas el dueño y señor de todo lo que tu padre dejó. —Engañaba fácilmente a Mártir, aquel viejo sucio.

- ¿Y cómo lo conseguiste? –Le preguntó Mártir, sin desconfiar de él, pobre, estaba entregando todo cuanto tenía, a un hombre que en diferentes países había sido un profesional estafador.

- Con ayuda de unos colegas. –Le dijo el viejo, y aquel ignorantemente se lo creyó todo.

- ¿Qué quieres decir? –Le preguntaba Mártir al viejo.

- Como te lo dije antes, soy en realidad un abogado, y me valí de eso; aunque me expuse por ayudarte enfrentándome a la ley y trabajando con mi verdadero nombre.

- ¿Y cómo te llamas? –Pregunto directamente Mártir.

- Entre tú y yo, pues me busca la Interpol por fraude. Mi nombre es Salen Terán. Igual que se que tu verdadero apellido es Riva de Negra Oreiro. –'Siete Lenguas' se reveló con su verdadera identidad, Salen Terán, momento en el que Anita descubrió que Mártir usaba un falso apellido.

- ¡Viejo zorro! Eres una cajita de sorpresas. – Dijo Mártir sonriéndose con él.

- Pero por favor, no repitas mi nombre nunca más. –Pidió 'Siete Lenguas' ese favor a Mártir, lo mismo que el dijo, no menciones nunca más mis verdaderos apellidos.

Anita escuchó aquel nombre y recordó el haberlo leído en algunos de los papeles que le robó al viejo. Corrió a casa de su madre para encontrarse con

Rey, e ir a donde quien los ayudaba con la investigación.

Rey y Anita fueron con su amigo.

- ¿Qué averiguaste? –Le dijo la joven a un desconocido amigo de ellos dos.

- Estos papeles son de fraudes que un tal Salen Terán cometió. –Le confirmó el amigo, todo aquello que había escuchado.

- ¡Claro! El viejo es ese tal Salen Terán. "Además es buscado por la Interpol". –Dijo Anita, en sus pensamientos en voz alta.

- ¿Y cómo le haremos para que lo atrapen? –Cuestionó Rey.

Amigo, les dijo; - Muy sencillo, ¿para qué existe el Internet?

De ese modo Rey y Anita con ayuda de su amigo denunciaron a 'Siete Lenguas', solo era cosa de unas cuantas horas y el viejo sería historia; ya era hora de pagar por sus maldades.

En las afueras de la ciudad, rancho de Aída.

Severiano recibe una llamada de Mártir, quien le dice que vigile bien a los rehenes, que mañana irá por ellos.

- ¡Está hecho, soy el dueño absoluto de todo! Mañana me desharé de esos dos perros, no me los toquen, especialmente a Gerson; lo quiero destruir con mis propias manos. –Dijo Mártir por teléfono, mientras Severiano estaba panza arriba en un sofá, saboreando un plato lleno de frutas.

Severiano corrió al lugar donde retenían a Gerson.

- ¡Gerson! Tengo muy buenas noticias para ti y tu amigo. –Le dijo Severiano, mientras entraba al susodicho lugar de presidio.

- ¿Ah sí? –Añadió irónicamente Gerson, importándole nada lo que aquel decía.

- ¡Sí! Tu hermanito ya es dueño de todo, mañana vendrá a matarte. –Confesó los planes de Mártir, afirmando que se había apoderado de la herencia de manera ilegal.

- ¡Qué buena noticia! –Le dijo Joaquín.

- ¡Sí que es buena! Pero más para mí. Cuando Mártir acabe contigo yo acabaré con él enviándolo a la cárcel y me quedaré con todo su dinero, mejor dicho, con tu dinero. Para ti, tu conciencia y para tu hermanito, tu pellejo. ¡Jajajá, ajajá, ajajá! ¡Gracias por existir! –Le decía Severiano a Gerson y Joaquín, mientras Bartolo comenzaba a rendirse de hacer daño.

Bartolo, aprovechando que Severiano se alejaba,agachó a Gerson y simulando torturarlo, le dijo en voz baja. -Aunque el dinero es lo que más me gusta, no soy capaz de permitir una muerte. Escúchame bien imbécil. Ahora serás multimillonario, tienes en tus manos tu salida, nos escaparemos de aquí pero me tendrás que dar mucho dinero porque yo también tendría que desaparecer. ¿Estamos? Esta noche nos iremos de aquí. Ay de ti si no me cumples porque entonces seré yo quien acabe contigo.

-Te juro que si salimos de aquí te daré lo que pides y mi boca será una tumba, nadie sabrá más de ti. —Le prometió Gerson a Bartolo, y era aquí cuando comenzaría la locura desbordarse en Mártir, donde lo último que se pierde es la cordura.

Severiano a lo lejos le gritaba: - No te preocupes muchachito que con tu dinero pagaré para que recen por tu maldita alma. ¡Jajajá, ajajá!

En la mansión Sarán.

Anita y Rey parecía que esperaban a alguien, se asomaban por las ventanas y de vez en cuando chequeaban la puerta. Era la tarde del jueves y en la residencia se disponían a tomar un café, entonces llamaron a la puerta. La muchacha de servicio —que fue,quién atendió— corrió hacía la sala, asustada y dijo: - Señorita Anita la buscan. En la puerta hay unos señores que parecen gringos y dicen su nombre en tonos muy raros.

- ¿Qué dices muchacha? ¿Por qué a mi hija? —Dice muy sorprendida la señora Esmeralda.

- Tranquilízate mamita, regreso pronto y para quedarme contigo, pero antes voy a enterrar un pasado muy malo. —Dijo la chica, dándole un beso a su madre, pues era hora de acabar con el mal y de raíz.

- Explícate mi niña, me preocupas. —Le decía gritado la señora a su hija, mientras aquella salía corriendo tomada de la mano de Rey, dirigiéndose a una patrulla que los llevaría a casa de Salen Terán, alias 'Siete Lenguas'.

- Mamita, te lo contaré con luces y señales pero cuando regrese, deséame suerte. –Le dice la chica desde la puerta, lanzándole un beso a la preocupada madre.

Anita y Rey acompañaron a aquellos personajes que venían por 'Siete Lenguas'. Se dirigieron a casa del mismo y como ella guardaba una copia de las llaves de esa casa, sin aviso previo irrumpieron en ella.

- ¿Pero qué es esto? – Le dijo el viejo 'Siete Lenguas', poniendo cara de dramático.

- ¡Llegó la hora de saldar cuentas Salen Terán! –Dijo Anita, sintiendo que las cadenas de amargura se rompían con la retención de ese gran delincuente.

- ¡Lo siento viejo pero la ley es la ley! –Rey se complació en ver la caída de ese viejo cruel.

- Señor Salen Terán, queda usted detenido; a partir de este momento y bajo nuestra custodia, será presentado ante los tribunales de los Estados Unidos de América, mucho tiempo te han buscado. ¡Caíste! – Dijo el oficial norteamericano, quien apenas hablaba poco español.

- ¡Malditos mal agradecidos! Sin mí, estuvieran muertos. ¿Ahora, me pagan así? –Les decía llorando aquel desgraciado llamado realmente Salen.

- Sin usted, ¡viejo! habríamos sido mejores personas desde antes. –Le dijo Rey.

Y Anita le añadió; - Todo estaba bien pero cometiste un error, te metiste con mi familia. Ahora dime, ¿dónde tienen a Gerson y Joaquín?

- ¡Maldita traidora! ¡Ajajá!. Pronto lo verás, pero muerto. Ese será el pago de tu traición ¡Jajajá! – Le replicó Salen Terán a su protegida Anita. Diciéndole últimamente; -Maldita, te quise como a mi única hija; pero qué mal, ya lo dice el dicho: *"cría cuervos y te sacaran los ojos"*.

Salen Terán fue extraditado. Terminó todo y en la más mísera pobreza. Ninguno de sus cómplices se dio cuenta de lo sucedido.

Anita recogió sus pertenencias, pues ahora si se iría a vivir junto a su madre. Rey por su parte visitó la vieja casona para notificar a los chicos que quedaban ahí de lo sucedido con el viejo. Les dijo que si querían él les ayudaría a quedarse con la otra casa, para que ellos vivieran ahí y comenzaran una vida nueva, por un camino de rectitud.

En la mansión Sarán, Anita llegó preocupada pero no dijo nada para no mortificar a Maklin. Le pidió a Blas hablar a solas y se fueron al jardín.

- ¿Qué estás diciendo muchacha? –Le decía Blas a la joven Anita.

- Sí señor Blas para Gerson las cosas se complican, ¿usted qué averiguó? –Le decía Anita, mientras le hacia una pregunta, presintiendo un oscuro desenlace.

- No mucho pero no digas nada ahí dentro, no hay que angustiar más a esas pobres mujeres. —Le decía el anciano.

- Tenemos qué hacer algo y rápido. —Sugirió Anita, sin saber qué...

Anita temía por las vidas de Gerson y Joaquín, por lo que le propuso a Blas regresar a casa de Mártir, solo que ahora acompañados por la policía.

- No debemos ponerlo sobre aviso muchacha. —Dijo Blas.

- Señor Blas es un riesgo que debemos de tomar, es ahora o nunca. —Propuso Anita.

Blas, Rey y Anita fueron a la jefatura de policía, hablaron con el jefe de policía: - Señores, entiendo su problema, mas sin una orden del juzgado no podemos ayudarles.

- ¡Pero es la vida de dos inocentes la que está en juego! —Replicó Rey mirando al jefe de la justicia.

El jefe de policía le dijo: - Créanme que lo lamento, pero las leyes no las hice yo. A menos que denuncien un delito de ese hombre. —Anita y Rey recordaron la nota que dejaron los secuestradores y debido a ese miedo no mencionaron nada.

- Le pagaré lo que sea, toda mi fortuna si es necesario. —Expuso Blas tal oferta, que no fue tomada como soborno, si no como motivo de desesperación.

El Jefe de policía le respondió: - Estimado señor, su dinero no sirve de nada en este caso.

Mientras en la jefatura de policía se discutía otro ambiente se vivía en las afueras de la ciudad.

Llegaban las 9:00 pm, Bartolo tenía todo preparado para la fuga. Le había dado de beber al viejo Severiano un somnífero, el cual no habían utilizado con Gerson. "El que guarda tiene para mañana", decía en su mente. Aída estaba en la ciudad; se había ido con Mártir la última vez, todo estaba listo.

Bartolo se presentó a donde los secuestrados y les dijo: - ¿Están listos?

- ¡Te lo agradeceré toda la vida! –Dijo Gerson, muy contento. Bartolo le contestó: - Dinero muchacho, dinero. Que no se te olvide, agradéceme con mucho dinero para huir lejos con mi madre y mi hermanita.

Joaquín añadió: - Considéralo un hecho. Palabra de hombre.

- Nos vamos en el coche viejo del rancho; en el peñasco que está situado a la orilla de la carretera principal lo tiraremos y correremos desde ahí hasta la casa de Joaquín, sin parar pero cautelosos. ¿Entendido? –Le expuso claramente los pasos del plan. –A lo que Joaquín agregó: - ¡Entendido!

- Serán como veinticinco minutos; espero que lo logremos porque de eso depende nuestra vida. Ahora sí, ¡vámonos! –Dijo Bartolo, por fin salieron del encierro, cansados, deshidratados; pero con fuerzas para huir por sus vidas.

Inició la fuga. Bartolo manejaba mientras Gerson y Joaquín se ocultaban en la parte trasera de aquel viejo camión. En la jefatura de policía seguían con el dilema.

- Pero entonces, ¿no nos ayudarán? –Le preguntó Anita, intrigada con su mirada hacía el jefe de la justicia. –Y éste a su vez, le dijo. -- Tomaré la denuncia y mañana procederemos en el juzgado.

- ¡Si mi nieto muere será usted el responsable! –Señalaba el anciano (Blas), tratando de culpar a la justicia de la maldad de aquel llamado; Mártir.

Así se retiraron decepcionados de la jefatura de policía y regresaron a casa de Joaquín, que por cierto estaba muy cerca de la misma.

En casa de Mártir.

Mártir le trataba de decir a Kassandra que se irían fuera del país por un buen tiempo, cuando ella se le adelantó y dijo que quería el divorcio y la custodia de la hija de ambos. Decir tal cosa fue la peor condenada para ella, a partir de hoy tendría una vida en custodia.

- ¡Jamás! Tú y yo estaremos juntos hasta la muerte. ¿Entendiste? –Le dijo aquel, tomándola del cabello, obligándola abrazarse a él, de la misma forma era como él la hacía verle a los ojos. La golpeó y mandó llamar a dos de sus guardaespaldas. —Mártir habló sin tapujo frente a ella, dando sus órdenes. - ¡No la dejarán salir! Ella, mi hija y yo nos iremos lejos. ¡Si se les escapa lo pagarán con sus vidas! ¿Estamos? – Amenazó aquel demente.

Se fue en busca de Aída para regresar al rancho. Sonia llamaba insistentemente a su hija Kassandra, como no le contestaba, decidió ir a buscarla. Al llegar se encontró con la sorpresa de que su hija y su nieta estaban presas en casa de su yerno, entonces fue a buscar ayuda de la policía.

- Señora es la segunda vez en esta noche que vienen a buscar mi ayuda, pero sin una orden judicial no se puede hacer algo. Además, usted dice que su hija está en su propia casa, o sea la casa del marido de ella. —Le dijo el jefe de la justicia a Sonia, quien estaba desesperada por el calvario que vivía su hija.

- Sí es su casa, pero entiéndame, mi yerno la tiene custodiada por dos guardaespaldas, ni puede ella salir, ni me permiten entrar. —Gritaba desesperada aquella mujer, el jefe de la justicia le ofreció un vaso con agua.

- Si usted quiere haga la denuncia correspondiente, yo no puedo hacer nada más. De sobras es bien conocido que los yernos no soportan a las suegras. —Dijo aquel hombre con una sonrisita burlona, que molestó más a Sonia.

Sonia se fue a su casa para recoger los pasaportes de su hija y nieta; ella estaba decidida a librar a su hija de aquel rufián a como fuese posible.

Mansión Sarán.

11:30 pm, Rey, Anita y Blas estaban en la sala hablando en voz baja de lo preocupados que se sentían al no poder ayudar a Gerson y a Joaquín. De pronto el timbre de la puerta sonó pero como con desesperación por entrar; Rey fue a ver lo que ocurría. Su impresión fue tan grande que hasta se conmovió cuando vio que se trataba de Gerson y Joaquín, que además venían acompañados por Bartolo.

- ¡Dios Santo, ustedes! –Dijo Rey mientras se quedaba boquiabierto del asombro.

- ¡Calla, calla! Que no sabemos si nos siguen. –Dijo Gerson mientras entraba acompañado por los otros dos.

- ¿Pero qué hace este tipo con ustedes? –Añadió Rey, al ver a Bartolo.

- Luego te explicamos. Por ahora apaga todas las luces y me pasas el teléfono. –Le pidió tal favor Joaquín, a Rey, quien de inmediato empezó por apagar luces.

Rey inmediatamente hizo lo que le pidió Joaquín. Gerson, Joaquín y Bartolo, fueron a la sala. Anita fue la primera que lo abrazó mientras lloraba de alegría; luego en esa sala medio oscura presentaron a Gerson ante su abuelo.

- Gerson, cuñadito, él es tu abuelito, Blas García. —Aquel viejo no cabía en sí mismo de tanta felicidad, al fin consiguió el privilegio de ver al hijo de su hija, al padre de su bisnieto.

- ¿Mi abuelito? -Dijo Gerson con una excesiva emoción en su rostro, ni tanto maltrato puedo quitarle las fuerzas para abrazar a su amado abuelito.

- ¡Sí, muchacho! —Blas lo abrazaba tanto y le decía. — Ya tendremos tiempo para aclarar muchas cosas, pero por ahora lo importante es que estás bien y a salvo.

Joaquín pidió a los presentes no hacer escándalo sin que antes él hiciera una llamada importante. Gerson quería desesperadamente buscar a Maklin y a su hijo.

- Tranquilo, ella, tu hijo y mi mamá están aquí. —Le dijo Anita a su cuñado, todos creían o empezarían a creer que el mal se esfumaría.

- ¡Quiero verlos! —Dijo aquel feliz padre, que era Gerson, estaba anheloso de ver a su pequeño retoño.

- Gerson hijo, terminó la llamada y entonces verás a tu familia. —Le dijo Joaquín, pues tenían que cumplirle al joven Bartolo que se arriesgo por ellos.

Joaquín llamaba a sus hombres de confianza, pues él sabía que la policía no actuaría, al menos no inmediatamente. Él como abogado conocía el procedimiento. Así fue. Los hombres de Joaquín llegaron e inspeccionaron los alrededores de la propiedad, luego entraron a la casa para protegerlos.

- Como todo está bien, ahora sí llamen a los demás. –Dijo Joaquín, mientras en plena noche un especializado equipo de seguridad era instalado en su casa, lo que incluía cámaras de seguridad y alarmas.

Anita fue a despertar a los demás, mientras Joaquín y Gerson le explicaban a Blas y Rey el porqué Bartolo los acompañaba. Luego Bartolo fue llevado a una habitación que tenían en la planta baja; ahí lo ocultarían hasta que le dieran el dinero para que se fuera lejos. La primera que bajó fue Maklin, al ver a Gerson se lanzó en sus brazos.

- Mi amor, sabía que Dios me escuchaba. ¡Te amo! –Le repetía una y otra vez, aquella siempre dulce novia vestida de negro.

- ¿Y mi hijo? –Preguntó Gerson, después de unos largos y buenos besos de amor.

- Se parece mucho a ti. –Le decía Maklin, feliz mientras no dejaba de sentirlo, besarlo y acariciarlo, no cabía duda que ese amor era chisporroteante.

- ¡Quiero conocerlo! ¡Los amo a ti y a mi hijo! –Le dijo muy feliz Gerson, viendo a esa mujer que estaba atónita de amor por él, lo cual sabían era recíproco.

Luego llegó Milvia.

- ¡Gerson, hijo! –Lloraba aquella anciana, que era Milvia, la dulce abuelita de Gerson, ella no cabía de felicidad, se santiguaba, besaba y abrazaba a su nieto y no paraba de hablar. – ¡Sabe Dios cuanto he esperado este momento!

- ¿Abuelita? –Le decía aquel muchacho, cuando ella lo volvió abrazar y sin preámbulos una sombra de la muerte ella miró, no dijo, sólo dijo en mente. –"Señor, ten piedad de mí, no me lo lleves sin disfrutarlo". -Pobre Milvia, creía que moriría esa noche cuando al abrazar a su nieto, vio a la muerte figurada en la cara del joven, tal vez si hubiese interpretado mejor, comprendería que una tragedia más oscura se les avecinaba.

- ¡Sí! Dímelo una y otra vez, llámame abuelita, mamá, lo que tú quieras hijo, mis brazos, mi corazón, mi alma, mis ojos, mi todo está ansioso de sentir algo de tu madre. –Decía aquella viejecita mientras le daba gracias a Dios por este gran milagro.

De esa manera pasó con todos, uno a uno abrazaban a Gerson y a Joaquín. El milagro de la vida se manifestaba una vez más. Daniela lloraba, reía y besaba a su amado Joaquín mientras Gerson hacía lo mismo con su pequeña y nueva familia. Esa noche y madrugada nadie durmió más; en la casa de Joaquín todo era alegría.

Al día siguiente, cerca de las 10:00 am Mártir llegó al rancho. Su sed de venganza ahora sí lo llevaría hasta las últimas consecuencias. Fue primero a la casona y la puerta estaba abierta, no se escuchaba ruido alguno; entonces se dirigió al establo donde retenía a Gerson. Al darse cuenta de que no estaba ninguno gritó: - ¡Se escaparon, maldita sea! –Luego corrió otra vez hacía la casona y buscó a Severiano. Lo encontró profundamente dormido y a su lado un bote vacío, el mismo que les había entregado a él y Bartolo, para que lo usaran con Gerson. Tomó un balde con agua y se lo derramó a Severiano en la cara, éste despertó gritando como loco.

- ¡Maldito imbécil! ¿Dónde está Gerson? – Gritaba Mártir cuestionando a Severiano, causando pánico en Aida, jamás pensó que un hombre tan culto fuese tan despiadado.

- En el establo, donde ha estado desde hace más de ocho meses. –Le decía Severiano temblando de frío o de miedo, el caso era que temblaba.

- ¿Estás seguro pedazo de estiércol? –Le interrogó Mártir, seguro de lo que él decía, pues lo había comprobado.

- Sí, seguro, Bartolo los está cuidando. —Decía Severiano, en respuesta al gritón con cara de demonio.

- ¿Ves este bote vacío? Te lo bebiste estúpido. Corre y busca a Bartolo. —Le gritó y a la vez le ordenó ir tras el cómplice que los traicionó.

Severiano —que apenas caminaba de gordo que estaba— fue al establo a revisar, luego buscó y llamó a Bartolo por toda la propiedad, pero fue inútil, ya no estaban.

- Te dije que los vigilaras imbécil. ¿Ahora qué? Si quieres dinero, me los entregas a los tres, de lo contrario no te daré ni para que pagues un estúpido taxi.–Como era típico Mártir humilló a Severiano, pobre Mártir estaba rodeado de inútiles, traidores y sobre todo estaba con todo y sin nada a la vez, por ese vacío que le producía el ver que Gerson era feliz sin materialismo.

- ¡Pero señor! –Le exclamó Severiano.

¡Ah! ¿Ahora soy señor? Ya te dije, sin los perros ni me busques. ¡Muévete! Rézale al diablo si te da la perra gana; pero devuélveme a esas ratas, cázalos como un gato que eres. –Gritaba Mártir, mientras Aida se fugaba en uno de los autos del rancho, pobre sus nervios le fallaron, terminó estrellándose contra un árbol con el cual se desbordo a caer a un precipicio, y así terminó su vida, de cómplice del mal.

Mártir dejó abandonado al viejo Severiano en el rancho y se regresó a la ciudad. Conducía en su auto, mientras pensaba en alto. – "Si esos estúpidos hablan estaré en problemas, será mejor esconderme por unos días, ya después buscaré la forma de desquitarme".

Severiano al verse solo, gritaba: - ¡Maldito perro,mal agradecido! ¡En verdad eres un maldito perro! Te tendí la mano y me la mordiste. ¡Que no te encuentre porque te mato! ¡Maldito! Bastardo hijo de la lástima, tenías que ser para ser un traicionero. – Gritaba odiando a Bartolo, a quien hizo un discípulo suyo.

Mansión Sarán.

Anita les cuenta a todos lo sucedido con Salen Terán ('Siete Lenguas'). Gerson les dice que no perseguirá a su hermano Mártir.

- Es suficiente lo que ya hemos sufrido, quiero olvidarlo todo y empezar de nuevo con mi propia familia. —Se expresaba Gerson, libre de rencores, a pesar de haber sido perseguido como un animalito, toda su vida, y es que mientras él tenía planes de acabar la cacería, Mártir no descansaría hasta cazar su presa y ponerla en su colección de caza.

- ¿Pero, tu herencia? —Exclamó Joaquín.

- Mi herencia son ustedes, lo demás es basura que Mártir quiere; dejemos que Dios se encargue de él. —Dijo Gerson, sonriendo feliz junto a su futura esposa.

- ¡Eres tan noble como tu madre! —Dijo el viejo Blas, mientras Maklin besaba las manos de su amado, como loca de amor.

- Además, tú tienes todo lo que nosotros hicimos en estos años, ¡y es bastante! —Dijo Milvia, añadiendo que Dios mandaba las cosas por añadidura y todo era en su momento, no cuando uno lo quería, cada cosa pasaba como debía pasar, gustase o no nos gustase, era Dios, el que mandaba.

- ¿Bastante? —Exclamó Marina.

Y Raquel haciendo gracia con unos ojotes, exclama también. - ¡Muchísimo! —Todos reían, con símbolo de paz.

- ¡Muchachitas a la cocina! –Decía Milvia, todos reían.

Por su parte la policía empezaba a investigar la vida de Mártir; él se había refugiado en la mansión que era de sus difuntos padres.

Tomando un trago se encontraba en el despacho, donde su padre siempre solía trabajar, mientras disfrutaba de una copa del mejor vino.- Aquí estaré seguro por unos días mientras lo arreglo todo, ha llegado la hora cero para *'La Novia de Negro'*, ese será tu peor castigo Gerson García Manzanares. – Planeaba fríamente el final para Maklin, sin sospechar cuantas cosas más en instantes podría cambiar el curso de su vida.

Mártir ordenó a los sirvientes de la mansión que si alguien llegaba a preguntar por él, dijeran que hacía mucho tiempo no regresaba. Mientras Kassandra estaba prisionera en su casa y su madre lloraba por no poderla ayudar.

Pobre viejo el tal Severiano, de aventón en aventón logró llegar hasta la casa de 'Siete Lenguas'; ahí se enteró de lo sucedido, casi llora. - ¡Maldita vida! Tantos años luchando por un mejor vivir. Ahora estoy peor que aquellos chiquillos a los que yo recogía para ponerlos a robar. –Y todos le gritaban. -¡No más explotación! –El viejo vio a los chicos más bien vestidos, con calzado, y una alegría que vestía mejor que cualquier tela importada de París.

Pasaron varios días, todo estaba marchando muy bien. Esmeralda había regresado a su casa junto a

Jessica, sus hijas y su nieto. Claro, esta vez contrataron guardias para los dos turnos, día y noche. Blas y Milvia regresaron al pueblo después de que le propusieron a los muchachos celebrar su boda allá y ellos aceptaron, así que planeaban la boda para fines del mes siguiente.

Joaquín también tenía seguridad las veinticuatro horas, pues es mejor prevenir que lamentar. Víctor, el sobrino de Daniela, estaba muy entusiasmado con Jessica, quien a su vez le correspondía. En la sala de su casa, Joaquín comentaba con su mujer. - "Bartolo, al final se portó bien por eso le di aquel dinero. Para este momento debe de estar muy lejos con su amada familia".

El Sauce, tiempo después.

Para Alberta las cosas ahora sí estaban mal. Es que la policía después de que aquel muchacho a quien ella hizo pasar por Gerson habló, investigó a fondo su vida y el trato que daba a los niños que vivían bajo su tutela.

Cuando le citaron al juzgado por primera vez ella echó de cabeza a Severiano, acusándolo como autor intelectual en el caso de los García Manzanares. También le habló a la policía sobre el orfanato que él dirigía, aludiendo que se trataba de una farsa que aquel hombre utilizaba, para apoderarse de la patria potestad de aquellos niños y niñas; a quienes luego por un miserable bocado, obligaba a robar y a hacer cosas peores, hacía de todo un poco, porque juntos vendían niños a gente extranjera, traficaban con tratantes, y la policía les acusaba de explotación infantil, habían asentamientos de actas donde se les acusaba de tráfico de órganos y explotación sexual.

Para la policía el encontrar a Mártir se había convertido en una cacería; él era astuto y su dinero le permitía comprar su salida del país, por lo que se decía: - "¡No me iré hasta que salde mis cuentas contigo Gerson García! Tengo un final magistral para ti y tu amuleto de la suerte, el pequeño demonio que llaman; *La Novia de Negro*".

Habiendo pasado algunos días Gerson, Maklin y su familia se dirigieron a El Sauce, pueblo donde celebrarían su boda.

- Amor es agradable regresar después de tantos años. –Decían aquellos que habían ido a darse un paseo,y estaba juntos disfrutando del maravilloso escenario que ofrecía aquel lugar histórico de El Sauce, llamado Las Tres Marías, tres preciosas rocas, de donde podían disfrutar la vista fisionómica de todo El Sauce, allí se encontraban Gerson y Maklin, de pies en la piedra de en medio, celebrando el amor, con un beso de amor, mientras el alba les daba el mejor de los atardeceres con aquella romántica puesta de Sol.

- Nunca imaginé que este pueblo sería el testigo también de nuestra boda. Aquí te conocí y desde entonces te amo. –Decía Gerson, después que se encontraban recorriendo *el parque José María Peña*.

Él le contaba que había escuchado que ese parque había sido nombrado con el nombre de José María Peña, en memoria de un hombre que jamás en su vida usó calzado, y que había trabajado toda su vida para el palacio municipal.

Gerson y Maklin estaban viviendo un momento muy especial; pero no solo ellos, también para Blas y su esposa que se sentían orgullosos de que su nieto se casaría en la iglesia donde ellos también lo hicieron, "Parroquia San Antonio de Padua, de El Sauce".

Después de que los muchachos y sus acompañantes se instalaron en la mansión García Manzanares, Marina pidió a sus patrones licencia para salir a pasear. Pues aunque estaba contenta por la dicha que vivían Gerson y Maklin, se sentía un poco sola y hasta se decía que a ella ni las moscas le hacían compañía.

A las orillas del río El Sauce, Marina iba cantando pero con una voz como de soledad y falta de cariño, cuando este chico la sorprendió y le dijo: -¡Qué voz tan linda! ¿Cómo te llamas?

- ¿Quién eres tú? –Respondió Marina, con otra pregunta.

–Y aquel chico le dijo-- - ¡Yo pregunté primero!

- ¡Marina, Marina Beatriz! ¡Qué caballeroso! ¿Dónde le quedó eso de primero las damas? –Dijo ella, como molesta.

- Disculpa mi osadía pero, ¿qué hace una muchacha tan bonita y sola en un lugar como este? – Le preguntó aquel chico bastante preguntón y cero respondón.

- Buscando un poco de soledad. –Le dijo ella.

-Y Marlon le añadió- ¿Soledad? Mmm... ¡Ya sé!, tienes una relación a la que le huyes.

- ¡No! –Dijo ella, como incomoda.

- ¿Pues, entonces? -Preguntó él, haciendo gestos que le causaron gracia a la chica, que al fin una sonrisa regaló.

- Creo que para ser un desconocido me haces muchas preguntas. –Le dijo ella, volviéndose a molestar.

- Je, je, "M y M", me gusta como suena. Creo que se vería bien escrito sobre un corazón en el tallo de uno de estos árboles. –Le añadió Marlon, poniéndola más furiosa, porque no le entendía. Poco después, se vieron a los ojos y ella al fin captó, y dijo; -¿Eso crees?

Es algo inesperado, cuando el amor llega sin avisar y te hace compartir esos momentos. Tal vez son un montón de instantes que se vuelven eternos. Son esos días que transcurren perdiendo el tiempo con ese alguien, adivinando el futuro de la vida juntos. Y así es como una nueva ilusión nace para Marina.

La boda de Gerson y Maklin era todo un suceso; revistas y televisoras compraban la exclusiva, eso también ayudaba a las relaciones del pueblo.

Muchas personas planeaban viaje; pues querían conocer el lugar en donde dos familias millonarias unían lazos, al celebrase una boda entres dos jóvenes de dichas familias. El alcalde de El Sauce, él también reconocidísimo profesor, Sr. Gilberto Antonio Ríos, se sentía contento de que un magno evento tuviera lugar en su pueblo de gobierno, pues nunca antes hubo tanto medio de comunicación, que el pueblo entero se dio cita sin invitación al evento más impactante de los últimos tiempos, todos imaginaban sería algo épico que trascendería en la historia de los habitantes sauceños.

La noticia abarrotaba los medios y ya en todo el país se hablaba de eso. Algunos ni sabían de quién se trataba, pero los medios informaban de la boda mientras contaban la odisea del reencuentro de Gerson y Maklin con sus respectivas familias, ya saben cómo son los medios de comunicación, cuando encuentran de donde sacar buena información, le investigan hasta la marca de ropa interior que lleva puesta la persona que los tiene interesados.

Para Alberta todo era diferente. Luego de haberse presentado al citatorio fue al orfanato con el afán de recoger unas cuantas cosas suyas y darse a la fuga, trato de llevarse todo el dinero que ocultaba en el piso de su cuarto.

- Yo no me quedo a ver como se ríen de mí y mucho menos iré a la cárcel. Eso es para gente mala no para mí, que lo único que he hecho es ayudar a ese montón de muertos de hambre. Miren, hasta el bastardo imbécil que recogí de la iglesia de este pueblo, ahora es un multimillonario y se casa con otra bastarda millonaria, ¡Ay, Dios mío! ¡No, no es justo! Yo he sido una buena y luchadora. –Decía aquella bruja que se intentaba ir; pero no llegaría lejos.

Severiano había regresado a su casona en el pueblo y se encontró con que su única propiedad estaba rodeada de policías, así que decidió ir al orfanato para hablar con Alberta.

Severiano se encontró con la bruja, en la salida del orfanato, al verla equipada para huir, la interrogó: - ¿Qué haces con esas maletas?

Alberta de inmediato, sin titubeos le respondió: - Me voy, ¿qué no lo ves? Será mejor que tú hagas lo mismo antes de que sea demasiado tarde.

- ¿Qué has hecho? ¿Acaso dijiste algo en mi contra? –Le preguntó el viejo.

- Tú me traicionaste primero, me engañaste y me dejaste sola. Durante muchos años me utilizaste aprovechándote del amor que te tenía. ¡No iba a caer sola! ¿No crees? Maldito, tenías a Gerson, te lo llevaste porque sabías los millones que representaba. Le gritaba Alberta, en una discusión que se volvió acalorada, él le quitó las maletas y las tiró por ahí, a un extremo de ellos.

- ¡Maldita ilusa! Habiendo tantas mujeres bellas creías que me casaría contigo. –Le dijo él, momento en el que la malvada mujer se entristeció.

- Eso ya no importa. Me voy porque primero muerta antes que ir a la cárcel. –Le dijo ella, después de levantar la cabeza y estar optimista sin rendirse a pesar de las circunstancias.

- Te concedo tu deseo. –Dijo el viejo. Y así fue Severiano apuntó con su arma y de un disparo la mató. Luego quiso darse a la fuga; pero la policía que vigilaba el orfanato, de inmediato se percató de lo ocurrido y lo atraparon con una de las maletas de Alberta, al cual sin él saber estaba apretado de billetes, y al caérsele, los billetes volaban como hojas cayendo de los arboles. Por sus antecedentes Severiano ni fianza pudo negociar; así que fue llevado al centro penal de San Miguel. Ahí sería juzgado por sus delitos. -¡Pobre viejo! "Ya no verá más la luz del día", -decían los que lo conocían y vieron su aprehensión.

Ciudad de San Miguel.

Jessica se había quedado en la mansión Fuentes, ella llegaría al pueblo el mismo día de la boda. Víctor por su parte también se quedó en la residencia de su tía, con la excusa de que él no conocía a los parientes de Gerson y llegaría junto a Jessica. Él fue a visitar a Jessica, aprovechó la ocasión para llevarla a cenar y le propuso matrimonio. Jessica estaba feliz con la idea, pero aún faltaba más, y es que justo salían del restaurante cuando una mujer le llamó hija. Era una mujer bien vestida y muy conservadora. Al escuchar su nombre Jessica la reconoció. Efectivamente era su madre, quien le explicó que desde hace un buen tiempo la buscaba y que aquel malvado hombre que la acosaba había muerto en un accidente años antes.

Para Jessica era el momento más feliz de su vida, encontró el amor y a su madre que tanto añoraba. -"¿Será un sueño?", -se preguntaba, mientras los miraba hablando y tomándose un café en la sala de la Mansión Fuentes. (Ella miraba a su amado y a su madre juntos, y eso era lo que más había anhelado Jessica, y he ahí el regalo de Dios).

- Mamá, ¿nos acompañarás a la boda? –Dijo Jessica a su madre.

- Ande suegrita, diga que sí, nos divertiremos juntos como lo que somos: una familia. –Dijo el simpático Víctor dándole un abrazo y un beso a su amada.

En la mansión Riva de Negra.

Mártir permanecía escondido como una rata en su madriguera y como todas las mañanas, sus empleados le llevaban el desayuno junto al diario. Pero esta vez gritó (cuando leyó el artículo que hablaba de la boda entre Gerson y Maklin) -"¡No, maldito imbécil! ¿Crees que te libraste de mí? ¡Aún no hemos terminado tú y yo! Gerson. ¿Alguna vez has tenido un día feliz? Yo sí, yo si tuve uno, fue un día, sí, el mismo día que supe de tu existencia y la de nuestra maldita hermana, a quien también haré pedazos cuando la encuentre. Aquel día fue el más feliz de mi vida, mi padre diciendo que tenía otros hermanos, y mi madre desgarrándose; fue un día dividido entre el dolor y la felicidad. ¿Cómo puede ser posible que un día sea blanco y negro a la vez? ¿Cómo puede irse la magia repentinamente? Si yo vestí de negro mi alma, es hora que le hagas gala a los harapos de tu novia, que siempre viste de negro, vamos a darle otra razón a esa maldita niña, para que vista de negro." ¿Qué me ven sirviente inútiles? Vamos a cambiarle color al vestido de la novia, que todos los malditos sauceños disfruten de un impactante escenario, que se apoderen la muerte y la locura de Gerson y *'La Novia de Negro'* ¡Jajajajá!" —Reía siniestramente Mártir, sentado a la cabeza del comedor donde por años su padre se sentaba al mando de la familia que mantenía llena de traiciones.

Mientras Kassandra y su hija seguían en cautiverio y vigiladas por varios de los guardaespaldas de Mártir; Sonia permanecía fuera de la casa esperando a que Mártir apareciera para enfrentarlo.

El Sauce.

Llegó el día de la boda y en la mansión García Manzanares todos parecían locos, estaban emocionados y en un corre, corre increíble. El patio de la casa estaba decorado como para recibir a un rey y a su reina; flores por doquier y hasta los medios de comunicación buscaban un lugar, listos para la recepción.

A Maklin la habían llevado al salón de belleza más importante del pueblo, después de vestirla y maquillarla la llevarían directo a la Iglesia, para que no se viera con el novio antes de la boda.

- Mamá, estoy nerviosa. –Le decía Maklin a su madre, mientras era peinada y maquillada, allá en aquel salón de belleza, donde los medios esperaban afuera para verla salir, era la hija de una mujer de mundo, de una de las damas más poderosas de la nación salvadoreña, y tras de eso tenía una historia de dolor, que culminaba como un cuento, con una feliz boda, por lo que el salón de belleza había sido cerrado.

- Todo está bien hija. Además, eres la novia más linda que he visto en toda mi vida. –Le decía su madre, viendo a su preciosa hija.

A Gerson lo acompañaban Anita y Rey.

- ¡Estás guapísimo cuñadito! Cuando Maklin te vea caerá rendida a tus pies. –Le decía Anita, encontrándose en una de las habitaciones de la mansión de los García Manzanares.

- ¡Ya la tengo rendida! -Decía Gerson, mientras los tres se reían. (Risas).

El pueblo estaba abarrotado de gente; desde muy temprano la Iglesia recibía personas que ayudaban en la decoración. Eran las horas de la tarde, el novio llegó primero como se acostumbra y acompañado por Anita y Rey, quienes a su vez cargaban al niño. Milvia lo entregaría mientras Blas estaba sentado en una de las bancas del frente. Entre los invitados estaban algunos de los que de niños vivieron en el orfanato con Gerson y Maklin, los que hoy eran hombres y mujeres, libres y felices. Las cámaras de periodistas y personas invitadas brillaban, foto tras foto y gestos de admiración no se dejaban esperar. Cuando de una limusina bajaba la novia más bella que habían visto en ese pueblo, acompañada de Joaquín Sarán, quien la entregaría, y de su madre la distinguida Esmeralda Fuentes.

La mayoría de invitados estaban ya sentados esperando la entrada de la novia. Fuera de la Iglesia estaban los periodistas y camarógrafos de los medios; camuflado entre ellos estaba Mártir. Tenía en sus manos una cámara igual a la que usaban los periodistas y vestía ropa muy elegante y lentes que lo hacían perfectamente ser otro, era difícil que alguien notara su presencia.

Al instante en que la novia bajó de la limusina quien vio a Mártir, fue Esmeralda. Ella no lo conocía pero notó algo en la mirada de aquel hombre joven que le producía desconfianza.

Maklin notó con que fijes su madre veía al hombre joven; pero muy lleno de malas vibras. - ¿Qué pasa mamá?

- Nada hija, sigue que Gerson te espera. – Decía su madre, cuando su piel se erizó, y arriba en la punta de la iglesia, volaban unos cuervos, su cantar producía pánico en la señora Esmeralda.

Maklin bajó de la limusina y caminó hacia la puerta principal, de pronto Mártir se le cruzó justo en frente, Esmeralda bajo corriendo, que hasta un zapato se le quedó en el piso, justo en la punta de la alfombra que iba desde la calle hasta el sagrado santísimo altar.

Mártir hizo espacio, se quitó los lentes y los dejó caer al piso, algo extraño desde adentro presintió Anita, que giró su mirada a la puerta principal donde se veía apenas la figura de la novia: - ¡Vaya, vaya! ¡Así qué tú eres la novia del imbécil de Gerson García! Mejor dicho, Gerson Riva de Negra García. ¡Felicidades cuñadita! ¡Ay, qué mal plan que no vistieras de negro! Imagínate, la primicia, *La Novia de Negro*, como siempre te han llamado. Las noticias dirían, el bastardo y *La Novia de Negro*, cristalizaron sus sueños de amor, por encima de la maldad del hermano malo.

Maklin se apoyó del brazo de su madre y le dijo: - Mamita, ese debe de ser el hermano de Gerson. —Los habitantes sauceños no esperaban lo que estaba por avecinarse, presenciaban la escena, cámaras, celulares y cualquier otra forma de comunicación grababa tales momentos.

- ¡Pero qué buena eres para adivinar! ¡Adivina a qué he venido! —Le dijo el perverso demonio.

Joaquín se acercó un poco a Maklin y le preguntó en voz alta a Mártir: - ¿No te basta con lo que tienes? Ya te adueñaste de lo que por ley le pertenece a Gerson, ¿qué más quieres?

- Joaquincito, tú y tus estúpidas leyes ya me tienen harto. —Le decía Mártir, ya no estaba en sus cinco sentidos.

Al escuchar la algarabía que se había formado Gerson salió corriendo para ver qué sucedía. Al ver a su novia asustada se colocó delante de ella para protegerla.

Gerson se dirigió a su hermano: - ¿Qué buscas? Ya tienes lo tuyo. ¡Márchate! No compliques más las cosas; vete y cuida a tu familia. —Le dijo Gerson a Mártir, quien no escuchaba razones.

- Exacto, porque yo sí tengo y tuve una familia, no como la tuya que no querían ni dejarte nacer. Además, no eres tú quien me dice lo que debo o no debo hacer. —Dijo muy molesto el malvado ser.

Sin mucho pensarlo Mártir, lanzó la cámara con fuerza quebrándola en pedazos. De su pantalón sacó un arma y le disparó a Gerson hiriéndolo en el pecho; con la misma apuntaba a los presentes y de esa forma corrió hacia su automóvil dándose a la fuga.

Gerson cayó en los brazos de Maklin quien gritaba desesperada: - ¡Auxilio, ayúdenlo, hagan algo!

Para los que presenciaron el acto de Mártir era inaudito. Un hombre mataba a sangre fría a su propio hermano. Gerson apenas pudo pronunciar sus últimas palabras: - ¡Te amaré por la eternidad, mi linda y amada novia! Recuérdame y háblale a nuestro hijo de mí. ¡Te amo! ¡Te esperaré en la eternidad mi dulce novia de negro!

Falleció Gerson García, un hombre que desde muy pequeño tuvo que luchar contra la pobreza para no convertirse en delincuente. A pesar de la ausencia de sus padres se mantuvo firme como un buen ciudadano, respetando las leyes y a sus mayores.

Ayudó a que otros jóvenes como él a que aprendieran que si se puede vivir libre, sin drogas ni delincuencia. Nos enseñó que era mejor ayudar a otros que hacerles daño. Demostró que el amor rompe las barreras del tiempo y el espacio y que no sirve de nada estar lleno de riquezas si se es vacío del alma.

El ambiente en la puerta de aquella Iglesia era devastador. Los que aprendieron a amarlo le lloraban y sentían su ausencia, mientras otros pedían por su descanso eterno. Para Blas y Milvia parecía que era un castigo divino. - "¡Dios, no nos perdonaste, te llevaste lo único bueno que teníamos!", -decía Milvia, mientras se apoyaba en su esposo, quien se sentía caer destrozado. Esmeralda no sabía qué hacer, su hija estaba ida, no reaccionaba cuando le llamaban. - "Levántate hija", tienen que recoger el cuerpo. Vamos para que te cambies de ropa. —Decía Esmeralda; pero con Gerson se fue el alma de Maklin, con aquella maldad, Mártir sentenció eternamente dos almas, hoy solo eran ellos dos almas muertas, todos querían escuchar a la novia; pero ella ya no existía en este mundo, sólo su grosera materia, que no era más que el cuerpo, la envoltura de lo que fue su alma, la cual no se resignó a quedarse sola y se fue con Gerson.

Por la carretera principal Mártir manejaba a alta velocidad mientras lloraba y hablaba.

- Mamá cumplí la mitad de lo que querías, he asesinado a mi hermanito, ahora podrás descansar en paz, pero no podremos vernos jamás porque cuando yo muera iré directo al infierno. —Decía Mártir, mientras lloraba, eso le hacía ver que la venganza, no lo hace uno sentirse bien, sino más vacio y ruin.

Parecía que estaba arrepentido, mas no imaginaba lo que le esperaba. Al llegar a su casa donde retenía a su esposa e hija, ni siquiera estacionó el coche dejándolo encendido. Caminó hacia la puerta y en ese momento apareció Sonia gritándole desde el portón de metal que aseguraba la casa, le llamó por su verdadero nombre.

- Mártir Lorenzo Riva de Negra Oreiro, deja en paz a mi hija. – Mártir giró su mirada, Sonia, sin pensar notó que Mártir se echó de cabeza al voltearla a ver.

- ¿Qué estás diciendo vieja bruja? –Le dijo Mártir, a su suegra, momento en el que se dejó caer de rodillas.

Sonia comenzó a llorar diciéndole: - Sé quién eres y quiero que me devuelvas a mi familia.

Mártir le añadió: - ¿Crees que porque me llamas por mi nombre me asustas? –Se puso de pie, le dio la espalda, momento en el que la peor verdad traspasó su alma, como cuando una daga traspasa un pobre cuerpo.

- ¡Por el amor de Dios! Mi hija es tu hermana, Kassandra Riva de Negra Díaz De León. –Mártir, pobre de ti, en tu pecado vino la penitencia, habías matado a tu hermano, eres el esposo de tu hermana, el padre de la que sería tu sobrina, pobre, su alma se le fue, su cabeza enloqueció de dolor, su rencor, evitó que los ojos del alma vieran la nobleza del mundo, Sonia lloraba desconsoladamente, porque los portones no se abrían para ella ir por su hija, estaba ahí sentada, envuelta en llanto.

Mártir se sintió morir, bajó su mirada e ignoró a Sonia dejándola fuera de su propiedad; apenas hizo señas a sus hombres de que no la dejaran entrar y siguió su camino, los empleados se santiguaron de la admiración ante las confesiones de la madre de Kassandra. Sin titubeos se dirigió hacia la habitación de su hijita, le dio un beso y le cerró la puerta con seguro. Luego fue a la cocina, ahí estaba Kassandra con su rostro lleno de lágrimas, se le acercó, la abrazó, la besó y le habló al oído.

- ¿Sabes? Por muchos años busqué a mis hermanos, mejor dicho, a mi hermano y hermana. Hoy fui a la boda de mi hermanito y en la puerta de la iglesia le disparé y lo asesiné, pero al llegar a mi casa una señora me ayudó a encontrar a mi hermana, a la cual también tengo que asesinar. ¿Tú sabes el nombre de tu padre? —Kassandra lo miró a los ojos y le dijo; - En sueños siempre dijiste que matarías a tus hermanos, estando yo contigo, compartiendo el lecho, tuve que verte soñar tal cosa varias veces, eso te enloqueció, te desquició, mi amor. —Decía aquella mujer llorando, mientras el volvió a preguntarle. - ¿Sabes el nombre de tu padre?

Kassandra no se detuvo, sus labios se entreabrieron, vio como su marido se tocaba muy aproximadamente el área de los genitales, en realidad, lo que tocaba era su arma, ella lentamente respondió:

- Sí, pero ya murió. —Le replicó mientras lloraba asustada.

Mártir exigió la verdad: - ¡Dímelo!

Kassandra supo que no era nada bueno lo que venía, y dijo; - Su nombre era. —Ella calla por un momento, detenidamente, vuelve entreabrir su boca y dice; - José Alfonso Riva de Negra.

- Te diré mi nombre completo, Mártir Lorenzo Riva de Negra Oreiro. ¡Ese soy yo! —Kassandra gritó y el llanto más excitante salió con dolor, el pecado los había tenido viviendo juntos.

- ¡No Mártir, no debes jugar de esa manera! —Decía ella, tratando de evadir la realidad.

Mártir la besó por última vez, sacó el arma de fuego y apuntándole en la cabeza le dijo: - ¡Te amo, pero más te odio! Kassandra Riva de Negra Díaz de León, hoy nos vamos de este mundo. -Disparó el arma causándole la muerte instantánea. "Duele más amarte que privarte de tu vida". —Dijo Mártir, luego se la colocó en su boca y acabó con su propia vida.

Al escuchar los disparos, Sonia corrió hasta la puerta de la casa, llamó a su hija mientras uno de los hombres que resguardaban la puerta le impedía entrar. El otro hombre corrió para ver qué pasaba y al encontrar los cuerpos ya sin vida, se dirigió hacia la salida diciéndole a su compañero. - "¡Están muertos! vámonos antes de que llegue la policía". -Sonia entró buscando a su hija y al verla tendida en el piso lloró con rabia y gritaba. -"¡Perdóname hija, perdóname! Te desprecio, aún después de muerto José Alfonso Riva de Negra. -Pensó en su nieta, fue y la encontró en un rincón de la habitación, estaba con su cabecita baja, tapándose los oídos y repitiendo una canción de cuna que Kassandra siempre le cantaba antes de dormir.

El destino es cruel a veces, a Mártir por ejecutar una venganza que no le pertenecía, lo hizo cometer incesto sin saberlo y lo llevó hasta la muerte después de quitarles la vida a sus hermanos.

Sonia tomó a su nieta y la llevó a su casa para que no viera tan horrible escena, luego fue a declarar ante las autoridades, quienes le dieron la custodia absoluta de la niña y de los bienes de Mártir; que por ahora los manejaría ella hasta que su nieta cumpliera la mayoría de edad.

CAPITULO V

"El momento de La Novia de Negro"

El Sauce.

La demencia se apoderó de Maklin luego de que se llevaron el cuerpo de Gerson. Ella corrió por las tiendas buscando un vestido de novia en color negro.

- ¡Sí señora! El negro es mi favorito y a mi novio le encantará. —Le decía aquella desdicha mujer, a quien su maquillaje se le había desbaratado, debido a las lágrimas.

Por más que la buscaban no daban con ella; corría de un lado para otro y como nadie le daba ese vestido, fue hasta una ferretería. Ahí consiguió unos botes de pintura en spray, tan negros como su soledad. Luego se desapareció por el río y regresó a la iglesia con su vestido negro.

¡Lo amaré hasta el infinito! Gritaba *La Novia de Negro*; mientras las cámaras se apresuraban a tomar fotos. La gente decía: - Una novia de negro. ¡Qué bonita se ve! ¡Lástima que sufre tanto! ¡*La Novia de Negro*!

Anita y Rey luchaban por correr a los camarógrafos y fisgones.

- ¡Dejen en paz a mi hermana! ¿Es qué acaso quieren dinero por mostrar el sufrimiento de una inocente? —Replicaba resguardando la locura de su hermana gemela, a quien la desgracia la persiguió siempre.

- ¡Aléjense de aquí buitres! —Añadía Rey, y la gente no hacía caso.

Maklin entró a la Iglesia y le decía al sacerdote: -"Ya casi viene mi novio, prepárese para casarnos porque seremos muy felices". -Esmeralda trataba de hablarle con sensatez, mas ella no respondía, sólo camina hacia la puerta y regresaba al altar diciendo: -"¡Que no me deje plantada!".

Qué tragedia más grande, —decían los que la conocían— que Maklin haya perdido al amor de su vida. Dos muchachitos que desde los doce años de edad se conocieron, se enamoraron y se juraron amor hasta la muerte. Prácticamente lo habían cumplido pues Maklin —así como estaba— era como si estuviese muerta.

Días después.

Maklin no reaccionó más. Anita le propuso a su madre que ella junto a Rey cuidarían al bebé con la esperanza de que Maklin volviera a ser la misma algún día. Que por ahora Esmeralda se hiciera cargo de Maklin, y la llevara fuera del país de ser necesario, para acelerar su recuperación. Joaquín y Daniela regresaron a su mansión en la ciudad de San Miguel. Blas y Milvia le ofrecieron a Esmeralda su casa por si quería quedarse un tiempo en el pueblo para bien de Maklin.

Cuentan muchos que a Maklin la ven diariamente caminando por el pueblo. Dicen que va a la Iglesia y se posa frente a la puerta, sentada en la grada y mirando hacía el cielo, repitiendo un poema, el cual dice ella que Gerson le interpreta, allá en la inmensidad donde sólo viven ellos dos, donde los cielos son de purpura y oro.

Maklin sentada frente a la puerta de la Iglesia:
-

¡Oh, compañera inseparable en mi soledad!

¡Dime!

¿Por qué no te acuerdas de mí?

¿No ves qué te espero amada mía?

¡Mi dulce novia vestida de negro!

¿Lo harás?

Aquí te espero, encerrado en este frío lugar,

Donde mi soledad es tan oscura como la tuya.

¿Vendrás?

¡No te aflijas amada mía!

Sólo se entierra el cuerpo, más no el amor.

El amor que nos une en esta y en la otra vida.

¿Vendrás?

¡Aquí te espero!

Termina con mi soledad

Mi dulce Novia de Negro.

EN MEMORIA A UN SER MUY QUERIDO, QUIEN FUE
MI HERMANO, PRIMO, Y AMIGO.

LUIS ALONSO NUÑEZ ARIAS.

ABRIL 9 – 1993

ENERO 12 – 2013

Otros libros del autor.

➢ ANA ROSA.

➢ AMOR SIN CARA.

➢ DOS VECES PRINCESA.

➢ EL SECRETO DE LA PRINCESA LEAH.

➢ MALA Y MODESTA.

-Critica-
'La Novia de Negro'

Es una hermosa historia. Relatando las que suelen ser las típicas vidas de muchas personas de pueblos, y ciudades latinas.

Indiscutiblemente. Algo que no está lejos de la realidad en nuestros países latinoamericanos. Más allá de las culturas de nuestros pueblos natos, aquí se refleja el amor de los seres humanos. El amor verdadero que lucha ante cualquier obstáculo. La pobreza, la ambición, la compasión, y entre otros sentimientos que envuelven los carácteres de los seres humanos. Al mismo tiempo nos enseña que con ánimos, y la mayor voluntad posible se puede salir adelante. No importa en qué nivel económico te encuentres, y que seas cual sea debemos actuar de la mejor manera posible. Ese sentido humano se manifiesta en esta bella historia. Tanto como la realidad que viven países como El Salvador; en cuanto a delincuencia, y otro tipo de cuestiones ilícitas, e incorrectas, que sabemos que sólo llevan a la destrucción del mismo ser humano.

Nos deja como moraleja; el siempre ser optimista, vencer cualquier reto, no descansar hasta salir adelante, y luchar por lo que deseas. Que mientras haya vida hay esperanzas, que el bien puede salir siempre muy por encima del mal. Creer que existe una entidad suprema, un ser supremo (Dios), el cual pese a todo derramará justicia ante el mundo. Y que debemos ser buenas personas, y mejores cada día.

Erick Salvador Flores Guzmán